アジアンタムブルー

大崎善生

角川文庫
13797

CONTENTS

アジアンタムブルー

a.b. 1

I

その場所は、孤独というものが自分の周りを月のように周回していることを確かめるためにあるような空間だった。急に賑《にぎ》やかになったり、突然静まり返ったりを不定期かつ無秩序に繰り返すその広場で、僕はいつからかありあまる時間をやり過ごすことを覚えるようになっていた。

空は広く、適度な緑があった。

何より、誰にも気兼ねすることなく煙草を吸えることが、僕がその場所を気に入った一番の理由だったのかもしれない。

実際、僕はアルマイトとステンレスを組み合わせて作られた、硬く、あまり座り心地のよくない椅子に腰かけて、何本も何本も煙草を吸った。肺の中から吐き出された煙は、都会の真ん中の大きな空の中に、まるで消えかけている少年時代の記憶のように吸いこまれていった。

僕は確実に孤独だったし、時間を持てあましていた。

退屈で、そして憂鬱《ゆううつ》だった。

季節はいつの間にか秋に移り変わっていた。頬に当たる風はそれなりに冷たく、夏の風とは違う無機質で硬い感触がした。風には木を焦がしたようなほのかな香りがあって、それを感じるたびに僕の胸はゼンマイのねじを巻くように、きりきりと締めつけられるのだった。

そして必ず最後に残る、もう巻く余地のないゼンマイを無理やり締め上げた時の、いやな感触。それを忘れるために、また新しい煙草に火を点《つ》ける。そんなことを、もう何回も何時間も何週間も、僕はこの場所に座って繰り返していた。

水不足で葉のひとつひとつがちりちりに丸まり、しおれ始めているアジアンタムのように、僕は確かに憂鬱だった。

ここは葉子がまだ生きていた頃によく二人で訪れた場所だった。吉祥寺《きちじょうじ》東急百貨店の屋上。二人で、というのは正確な表現ではない。デパートの一階から九階まで、隅から隅まで見て歩かなければ気がすまない葉子を、僕はいつもここで待ち続けていたのである。僕にとってデパートでの用事といえば、せいぜい七階の食器売り場と八階の本屋、それと屋上にあるペットショップくらいのものだった。三十分もあれば、その三ヵ所すべてを見て回ることができた。だから葉子が丹念に回り尽くすまでの約三時間を、僕はこの場所で煙草を吸いながら、ただぼんやりと待ち続けていたのである。

葉子を亡くしてから三ヶ月、僕は会社が休みの日や二日酔いがひどくて出社する気力が湧かない日には、真夏を除いてほとんどと言っていいほどここに来ていた。真夏の間だけ来なかったのは、暑さのせいばかりではなく、その期間だけ開店していたビアガーデンの喧騒《けんそう》を避けたかったからである。

夏が過ぎると、砂浜を埋め尽くしていたサーファーたちが去り、原色のビキニ姿の洪水が去って、やがて海が戻ってくるように、屋上も少しずつ平静を取り戻した。それは僕にとって予想もしていなかったほどの大きな喜びだった。

ここにぼんやりと座って、空や鉢植えの緑や乗り物に乗る子供たちを眺めながら、僕は葉子との思い出に浸っていたわけではないし、それを望んでこの場所にいたわけでもない。ただ、他に行く場所が思いつかなかったのだ。

葉子はここで待つ僕を見つけると、手を振って近づいてきた。

そして、決まって「どうして、私は度胸がないのかなあ」とつぶやいて、デパートを歩き回り、せっかく見つけた気に入った洋服や食器や靴や、そういったものをどうしても買う勇気がないと言うのである。彼女の頭の中には、欲しいものと必要なもののリストがあって、結局彼女が紙袋にぶら下げてくるのは、後のリストのものだけだった。

そのたびに僕は、欲しいものよりも必要なものに囲まれて生きている方がどれだけ幸せかわからないと慰めにもならないようなことを言って、葉子をなだめた。

しかし、今は僕自身が、その言葉の重みをずっしりと胸に感じている。

必要なものを失くしてしまった生活——。

この場所に座り、決して僕は葉子を待っていたわけではない。待つというよりはむしろ、彼女の不在を確認していたと言うべきなのだろう。それを確認するたびに、僕はもう巻く余地のないゼンマイをきりきりと巻き上げた。

何度も何度も、それを繰り返した。

ここは都会の真ん中にできたエアポケットのような不思議な空間だった。元気でうるさくて、そして無関係な子供たちは、僕にとっての孤独そのものの正体であるかのように、自分の周りを飽きることなくいつまでも走り回っているのだった。

2

その日も僕は、青白い月のように周回する子供たちやそれを監視する親たちや、あるいはその先に続いているであろう家族や社会といったものから疎外されながら、アルマイトの椅子に座って煙草を吹かしていた。

三十三歳というのは、自分にとってはどうも中途半端な年齢だな、と思う。普通ならば、家庭を持ち、子供を育て、会社の仕事に熱中し、それにともなって社会的な信用も増し、季節で言えば夏の真っ盛りのような時期のはずである。しかし、僕には燃え盛るような強い日射しも、透き通るような青い海も、その上を渡っていく爽《さわ》やかな風も、何もなかった。

ただあるのは、雲ひとつない、よく晴れ渡った秋空のように退屈で平坦《へいたん》な毎日だった。思い出すことは、なぜか中学時代のことばかりだった。この秋の空のように退屈だった中学時代、僕は生まれ育った札幌の街で、ある犯罪を犯した。それは快晴の空を切り裂いていく一筋の飛行機雲のような、なかなか消えることのない切り傷を僕の胸の中に残したのだった。

なぜ、とうの昔に忘れてしまっていたはずのことを思い出すのだろうか。自分なりに整理がついているはずの出来事である。しかし、ふと気がつくとプラスチックの下敷きの上にできたカッターナイフの傷跡を指でなぞるように、何度も同じ場所に指を這《は》わせている自分がいるのだ。

何本目かの煙草を吹かしている時、僕は強い意志を持った視線が自分に注がれていることをはっきりと感じた。はじめのうちは無視していたのだが、何度か見られているうちにさすがに少しずつ気になり始めた。

見知らぬ顔だったが、どこかで見たことがあるような気もした。僕は記憶のファイルを忙《せわ》しく繰ったが、どこにも彼女のデータは保存されていなかった。平日の昼間、吉祥寺のデパートの屋上にいったいどんな知り合いがいるというのだろう。

僕は少しどぎまぎしながら、それでも平静を装って子供たちを眺めていた。

何度目かに目が合った時、彼女は僕に向かって軽く会釈をした。知らない女性に会釈をされたことは滅多になかったが、でもきっとそういう場合にはそうするものだろうという程度の会釈を僕も返した。彼女は僕の座っているテーブルの空いている席を指差した。そこに行ってもいいかという合図である。

僕は一人でいたかったけれど、正直言って一人でいることにも少し退屈していたところだった。この三ヶ月間というもの、僕はずっと、アジアンタムブルーの最中にいるアジアンタムのように葉をちりちりと丸めながらほとんどの時間を一人きりで過ごしてきたのだ。

僕は小さくうなずいた。

彼女は僕の目を真っ直ぐに見て、軽く頭を下げた。

それが、僕と彼女との出会いだった。

「ここに座って、少しお話をしてもいいかしら」

「どうぞ」

「ご迷惑？」

「いや、全然。退屈していましたから」

彼女はゆっくりと落ち着いた動作で僕の横の席に腰かけた。

「静かね」

「ああ、まったく」

屋上では、子供たちを乗り物に誘うテープがひっきりなしに流れ、子供たちは歓声を上げて走り回り、ペットショップからは躾《しつけ》の悪い犬たちの鳴き声や時おり耳をつんざくようなオウムの叫び声が聞こえてきた。

でも、彼女が言うように、ここは確かに静かだった。どんなざわめきも決して意識にまでは届いてこない、そういう意味の静けさだった。

「気がつかなかったかもしれないけれど、あなたを何回も見かけたの。ここでも見たし、新宿三越《みつこし》の屋上でも渋谷《しぶや》東急本店の屋上でも」

「屋上マニアなんだ」

「なぜ、こんなに何度も見かけるのかしら」

「それは、君もきっと屋上マニアだからだろう」

僕はそう言って、煙草に火を点けた。

彼女は小さく笑った。口もとを一瞬きゅっとすぼめるような、見逃してしまいそうな笑顔だった。

彼女はサマーセーターを着ていた。それは葉子が欲しがっていたのについに最後まで買うことができなかった薄手の紺色のセーターだった。どうしてそんな値段がつくのかわからない、と葉子がこのデパートの四階で何度も溜息《ためいき》をついていたものだった。そして肩には、二年前のクリスマスにビルの屋上から飛び降りるような気持ちで葉子に買ってやったものとまったく同じ形の同じブランド物のバッグをどうでもよさそうに提げていた。結局、葉子は滅多にそのバッグを使うことがなかった。寝室のローチェストの上にペンギンのぬいぐるみとアジアンタムの鉢と一緒に飾ってあった。

「何か質問してもいい？」

「どうぞ」

「歳は？」

「三十三歳」

「今、何を考えていたの？」

「湾岸戦争のこと」

「湾岸戦争の、何？」

「いや、トマホークってミサイルがあるだろう。あれ、九十五パーセントの精度で命中するって宣伝している割に何であんなに誤爆したんだろうって。おかしいじゃない、どう考えても」

「どうしてそんなこと考えるの？」

「他に材料がない」

「寂しいのね」

「寂しくなんかないさ」

「性格は？」

「軟弱で方向音痴」と僕が言うと彼女は今度ははっきりと笑った。と同時にふたつの瞳《ひとみ》が輝いて吸いこまれるような光を放った。

「軟弱はわかるけれど、方向音痴って性格なのかしら」

「だったら何だい？」

「機能」

「違うよ」

「性能」

「近いけれどきっとそれも違う」

「やっぱり性格なのかあ」と彼女は納得したように大きくうなずいた。

「わかった、それでトマホークのことが気になるのね。方向音痴のトマホークの行く末が」

「そうかもしれない」と今度は僕が納得する番だった。

「でもあなた、軟弱な方向音痴でよかったわね」

「なぜ？」

「だって頑固な方向音痴って大変な人生だと思わない？」

「それはそうだね」

気の抜けた返事をしながら、僕は彼女の左手の薬指に光るプラチナの指輪をぼんやりと眺めた。僕が彼女の指の上に目線を遣《や》ると、それを感じたのか彼女も僕の指の上に視線を落とした。それから二人は目を合わせて笑った。

ほとんど同時に同じことを確かめようとしていることが滑稽《こっけい》だったし照れくさかった。

僕の指に指輪はなかった。

「結婚しているの？」と僕は彼女に訊《き》いた。

「うん。正確にはしていたと言うべきね」

「そうかあ。薬指に指輪をしている人間が、必ずしも今結婚しているとは限らないんだよね」

僕のその言葉を彼女は何も言わずに聞いていた。たぶん無意識だろうが、彼女は右手の人差し指で左の指輪を撫《な》でていた。細く白く、控えめな美しい指だった。

「あなたは、結婚しているの？」

「いや、やっぱりしていたと言うべきなのかな」

「薬指に指輪をしていない人間が、結婚したことがないとも限らないのよね」と言って彼女は小さな高い声を転がすようにして笑った。

「それに第一、結婚している人間が一人でデパートの屋上を渡り歩いているとは思えないしね」

ギャーギャーと意識の中に突き刺さってくるような甲高い声をオウムが上げた。それにつられるようにペットショップの犬たちがいっせいにけたたましく吼《ほ》え始めた。

「食事の時間だ」と僕は独り言のように言った。

「夕食ね」

「もうすぐ陽が傾く」

「そういう時間。これからどうするの？」

「あと一時間、湾岸戦争のことを考える。どうしてあの戦争はあんなにはっきりしない形で終わってしまったのだろう。サダム・フセインはいったいどんな地下壕《ちかごう》に身を潜めていたのだろう。どうしてアメリカ軍は捕捉《ほそく》できなかったのか。それと、パトリオットミサイルはどのくらいの数のミサイル迎撃に成功し、そして失敗したのだろうか」

「お仕事？　趣味？」

「いや、だからこれといって他に考えることがないんだ。それに、そうでもしていなければ」

「していなければ？」

「巻く余地のないゼンマイを、また巻き始めようとしてしまう」

僕は煙草の煙を胸一杯に吸いこみ、そして空に向かってゆっくりと吐き出した。彼女は僕が言った言葉の意味を、理解しようと努力しているように見えた。

「お仕事は？」としばらくの沈黙の後、彼女が口を開いた。

「編集者」

「そんな感じ。お名前は？」

「R.Y.」

「えっ？」

「だから、アール・ワイ」

僕は突然、自分の口から零《こぼ》れ落ちたその言葉に驚きを覚えた。中学一年のある時期から数ヶ月の間、僕は自分のことをそう呼んでいたし、実際にそうなりたいと願ってもいた。自分はイニシャルのような人間であり、それですませてしまえるような存在になってしまいたい。しかし、二十年近くも口にしていなかった言葉がこの場所で、自分の意識とは隔絶したような形で零れ出てくるとは思わなかった。

彼女はちょっと怒ったように口をきゅっと曲げた。名前を訊いてイニシャルで答えられれば、ほとんどの女性はきっとそうするだろう。

僕はアジアンタムの巨大な鉢が集中的に置かれている一角に目を遣った。そこはこの屋上の中でも、僕が一番好きな場所だった。淡い緑の葉がおたがいに寄り添い、幾重にも重なり合うようにして小さな森を作っている。淡い緑がいくつも重なることによって、深く美しい緑を作り上げている。時折、吹き抜けていく風に緑の森全体が気持ちよさそうに揺れていた。

「アジアンタム」とその方向を見たまま僕は言った。

「こんな陽当たりのいい場所でよく育っているわ」

「アジアンタム・ミクロソリウム」

「あら、よくご存じね」

「ミクロソリウムが特に好きなんだ」

「どうして?」

「どうしてって、何となく。少し紫がかった黒い茎の色と葉の鮮やかな緑のコントラストがいいし、葉の中を光が通り抜けていくような透明感がいい」

その光を浴びている時の緑の輝きが好きなんだ、と言おうとして僕は口を閉ざした。

彼女の瞳に急に暗い影が差したように映ったからである。僕は何も言わずに、アジアンタムの小さな森を眺めていた。彼女も僕につられるように、淡い緑の塊に見入っていた。

そして、しばらくの間二人の会話は途切れた。

僕はゆっくりと屋上の風景を見渡した。いつもの平日と少しも変わらない光景が目の前に広がっていた。夕暮れが迫り、子供たちの遊びもどことなく慌しく、幼い子は遊び疲れたのかむずかっている。

小さな風が吹き、木を焦がしたような秋の匂いがどこからともなく漂ってきた。

「君のことを少し訊いてもいいかな？」と僕は静かに言った。

「どうぞ」と彼女は我に返ったようにハッとして答えた。

「名前は？」

「H.N.」

「歳は？」

「あなたと同じ」

「どうしてデパートの屋上を渡り歩いているの？」

「それもあなたと同じ」

「どうしてH.N.なの？」

「それもたぶん一緒」

「性格は？」

「きれい好きで短気」

「ハハ、それは正反対だ」

「もう一度だけ訊くから今度はきちんと答えて」と彼女は僕の目を真っ直ぐに見ながら言った。

「私の名前は中川宏美《ひろみ》。それであなたの名前は？」

彼女の目は相変わらず吸いこまれるような強い光をたたえていた。

僕はその強い意志から逃げるように、上を向いて煙草の煙を暮れ始めている空に向かって吐き出し、ゆっくりと、しかしはっきりとした言葉で答えた。

「山崎隆二《りゅうじ》」

目を伏せたまま僕はこう続けた。

「山崎隆二。だからR.Y.なんだ」と。

3

僕がR.Y.だった時代。

それは中学一年の初秋から冬の始まりにかけてのほんのわずかな期間である。ある日突然に僕は山崎隆二からR.Y.になって、そしてある日突然にR.Y.から山崎隆二に戻った。

R.Y.になった日のことは、写実的なイラストのように細部までクリアに思い出すことができるが、山崎隆二に戻った日のこととなると、頭の中に白い綿が詰まったようにうまく思い出すことができない。それもそのはずで、これといった事件や特別な原因があったわけではなく、ただR.Y.でいることに漠然とした居心地の悪さを感じるようになり、ゆっくりとゆっくりと山崎隆二に戻っていったのだから。

部屋の窓際に置かれたアジアンタムは情けなくへたりこんでいた。僕は鉢に水をやり、霧吹きで葉に水をたっぷりと吹きかけ、そして昼間吉祥寺のデパートで買ってきたスポイト状の栄養剤を土に差しこんだ。葉子が爆弾と呼んでいたこの栄養剤は即効性があって、差しこんで一晩もたつとしおれかけていた葉がみるみる生気を取り戻す。

しかし、それが緩慢な死であることを葉子も僕も知っていた。なぜかはわからないが一度ちりちりと丸まり始めたアジアンタムは、最終的には元に戻らない。結局のところ爆弾は死を先延ばしするだけで、アジアンタムの根源的な憂鬱を癒《いや》すことはできないのである。これを差しこみ始めると、生気を取り戻すこととしおれることをしばらくは繰り返し、やがてそのサイクルは徐々に縮まって、そしてある朝突然、アジアンタムはサイクルのうちのひとつ、生気を取り戻すことを放棄してしまうのだ。

「あーあ」と葉子はしおれたアジアンタムの鉢の前にしゃがみこみ、ちりちりに固まった葉を指先で取り払いながら溜息《ためいき》をついていたものだった。

その後に決まってこう言った。

「やっぱりマンションじゃ、乾燥しすぎて無理なのかなあ」

僕は葉子のその言葉を思い浮かべ、同じことを考えながら、それでも懸命に霧吹きで葉に水を吹きかけている。これを枯らすわけにはいかない。この株は、憂鬱《ゆううつ》な状態から唯一、葉子が蘇《よみがえ》らせることに成功したものなのだ。

そしてこの部屋で葉子と僕が生活してきたことを知っている唯一の生物なのである。

この株が蘇った時の葉子の喜びに満ちた表情が浮かんでは消えていった。

「どうしてうまくいったんだろう。今までと何が違ったんだろう」と葉子は中腰で鉢を眺めながら、一時間も嬉《うれ》しそうにつぶやいていた。それからは、その株だけは何の問題もないまま、冬から春の最も厳しい季節さえも青々と美しい緑を繁らせていた。

葉子と同じように、アジアンタムの鉢を中腰で眺めながら、僕は今日の昼間、デパートの屋上で知り合った中川宏美という女性のことを考えていた。

彼女はいったい何の目的で僕に話しかけてきたのだろう。何かの勧誘かそれともナンパ。しかしそのどちらでもないことは、彼女が僕に何の勧誘も食事の招待もしなかったことからもあきらかだった。一通りの思いを巡らせて、僕は、単純でしかし説得力のある答えに辿《たど》りついた。

「彼女もきっと退屈だったんだ」

そう思うと心が落ち着いた。

この世で、時間を持て余してデパートの屋上を渡り歩いているのは自分だけではない。そう考えるだけでずいぶんホッとしたし、ある部分救われた気持ちにもなった。

アジアンタムの手入れを一通り終えると、リビングの奥にある寝室のベッドの上にひっくり返った。葉子がいた頃は、少し狭く感じていたこのセミダブルのベッドが、今はずいぶん広く感じられる。それは、心の中の寂しさや孤独感という領域が確実に広がってしまったことを意味しているように思えた。ベッドの上で伸ばした手のその先に、いつの間にかできてしまった空間。それを無意識で探る指先の空虚な感触。

枕元のCDプレイヤーのスイッチを入れた。

葉子が生きていた間はほとんど聴くことがなくなっていたポリスが、小さな音で流れてきた。ホワイトレゲエと呼ばれていた頃の、初期のアルバムだった。

〃ブリング・オン・ザ・ナイト〃を聴きたいと思ったが、どのアルバムに入っていたのかを思い出すことができず、捜しに立ち上がるのも面倒だった。

ローチェストの上に置かれた葉子の残していったペンギンのぬいぐるみが目に入る。結構大きな皇帝ペンギンで、僕の三十歳の誕生日に自分が欲しいからと言って葉子が買ってきたものだ。首からは「ジョエルマ」という女性の名前を示すプレートが提げられていた。なぜ南極に棲《す》むペンギンがスペイン語の名前を持っているのか僕にはわからない。彼女は多摩動物公園のぬいぐるみコーナーに置かれていた時から、そういう名前なのである。彼女の人気はあきらかにコアラやオランウータンや白サイやシマウマや白熊や、それにアリクイにまで押され気味で、それらの人気者に押し出されるように、隅っこの方に立ち尽くしていた。真っ直ぐに正直に立っているその姿が葉子の心を捉《とら》えたのである。

その日、つまり僕が三十歳になった日から「ジョエルマ」は立ち尽くす場所をここに変えた。それから彼女は相変わらず真っ直ぐに正直に立ち、数百回もの僕と葉子のセックスを表情も変えずに眺め続けてきたのである。

時計は午後八時を示していた。ジョエルマの姿を見ながら僕は眠りと覚醒《かくせい》の中間辺りをよろよろとさまよい歩いていた。〝ブリング・オン・ザ・ナイト〟を聴きたいと虚《うつ》ろな意識の片隅でもう一度思い、どのアルバムに収められていたんだっけとまた同じことを思う。ファーストアルバムか、それともサードアルバムだっただろうか……。

4

中学一年の初秋、一九七一年の札幌は間もなく開催される冬季オリンピックの準備と興奮に沸きたっていた。北国の地方都市が国際的な都会に変貌《へんぼう》していく、その大きな転換点に立ち、町全体が活気に溢《あふ》れ、ある意味では浮き足立っていた。そんな時代の札幌で、僕は藻岩山《もいわやま》の麓《ふもと》に建つ中学に通っていた。オリンピックの喧騒《けんそう》とはかけ離れているはずの中学校でさえ、その足音を感じない日はなかった。英語教師は田舎の中学生を国際人に仕立て上げるべく教鞭《きょうべん》を振るい、生徒たちもそんなものなのかと何となくそれにつられていった。

ある日の学校の帰り、僕は笠井《かさい》信二というクラスメイトからデパートに誘われた。学校からデパートのある中心地までは電車で約二十分。あまり寄り道などしたことがなかったが、僕は深く考えもせずに彼に付き合うことにした。笠井とは同じバスケットボール部に所属し、まあまあの仲だった。ちょうど五人目のレギュラーの椅子を争っているような二人だったが、だからといっておたがい特別なライバル心を持つということもなかった。

笠井は運動能力は高かったが、部活そのものにそんなに熱心なタイプではなかったし、僕は僕でレギュラーにどうしてもなりたいという意識よりも、ただバスケットをやっていることが楽しく、それだけで十分だった。レギュラーであろうとなかろうと、バスケットをやっていることに何の変わりもないのだ。

街に出た二人は鳩丸屋という五階建ての小さなデパートに入った。笠井がジーパンを見たいと言ったからである。笠井の後を僕が何となくついて行くという感じでエスカレーターを上がり、四階のジーンズ売り場を目指した。

「ちょっとここに立って待っていてくれ」とジーンズ売り場に着くと笠井は僕に言った。

僕は笠井に言われた通りに、ジーンズを並べてある棚から、少し離れた通路に立っていた。

「あそこの店員が動いたら合図をしてくれ」という言葉の意味を理解する間もなく、笠井はするするとジーンズの棚に擦り寄るようにして近づいていった。

それから僕は驚くべきことを目撃した。

笠井が学生鞄《かばん》を開きジーパンを棚から引き抜いて、それを無造作に詰めこみ始めたのである。

「えっ？」という言葉を僕はかろうじて飲みこんだ。あいつ、何をやっているんだと思うのと同時に心臓がドクドクと高鳴り始めた。

「店員が動いたら合図」と言った笠井の言葉を思い出し、僕は注意深く店員の様子を窺《うかが》った。喉《のど》が渇き、生唾《なまつば》を何度も飲みこんだ。

笠井は大胆に、次から次へとジーパンを鞄の中に詰めこんでいった。僕はまるで時空が凍りついているような不思議な感覚で、その場に立ち尽くしていた。周りのすべての時間は止まり、笠井の手だけが動いている。慌てることなく、どちらかというと緩慢ともいえる動作でジーパンを選び、そして盗む。

笠井はこちらを振り向くと、僕に向かって合図を送った。目立たないように胸の前で毛糸を編むような動作でふたつの手首を同時にクルクルと回した。選手交替のサインだ。

僕の思考は停止か、あるいはそれに近い状態にあった。頭の中は濃い霧が立ちこめたように、何もかもが茫漠《ぼうばく》としていた。僕はまるで笠井に操られた人形のように、ぎこちなく棚の前へと移動し、それと同時に笠井は音もなく立つ位置を替えた。

ジーパンを持つ手が震える。

サイズも何もなかった。ただ、目の前にあったものを棚から引き抜き、笠井がやってきたように学生鞄を開けて、そこにねじこんだ。

罪の意識も恐怖感も何も感じなかった。ただ、霧に包まれたような思考と凍りついているような時間と、そして手元に鋭く注がれる笠井の視線だけを感じていた。何もかも漠然とした中で、それでも僕は笠井に操られるままに確実な犯罪を遂行していたのだった。

振り向くと笠井は「行くぞ」というふうに目で合図をした。そして自分の胸を指差してエスカレーターの方向を、それから僕を小さく指差して階段の方向を示した。笠井の目は爬虫類《はちゅう》のように狡猾《こうかつ》で感情がなかった。

僕はうなずいた。

それはまるでバスケットのフォーメーションのサインのようにすぐに理解できた。

笠井が早足で動き出したので、それを合図に僕も逆方向へと同じくらいのスピードで動き出す。それは、一人が相手選手をマークしてパスの出し先を絞りこみ、苦しくなった相手が出す位置をあらかじめキープするという、毎日練習しているバスケットの動きによく似ていた。

　その時。

「このガキども」という野太い叫び声が背後から聞こえた。

　笠井は走り出した。

　僕も逆方向へと走り出した。

「万引きだあ」という大声が続いた。僕は階段を駆け下りた。意識の中にあるスピードと現実のそれがうまくかみ合わず、足がもつれ、背筋を生温《なまぬる》い焦りの感触が駆け抜けていく。僕は鷹《たか》に追われる野ネズミのように、背後から迫ってくる大きな影に怯《おび》えながらジグザグに迷走するように逃げ惑い、そして二階の婦人服売り場で背後から髪の毛を鷲摑《わしづか》みにされた。

　転がるように倒れこんだ僕は、あっという間もなく組み伏せられた。抵抗すると、顔を大きな手で張られた。口の中に血の匂いが広がり、巨体に乗りかかられ身動きのできない屈辱感に総毛立った。

「この野郎」と警備員は僕の髪を摑んだ。それはおそらくは僕が生まれてはじめて感じた、容赦なく向けられた人間の敵意そのものだった。

　恐怖が全身を縛りつけた。

まったく身動きが取れないほどの圧迫感と、自分に向けられた敵意という、経験したことのない感情が怖かった。だから僕は、全身全霊の力をこめてそれを思いきり蹴飛《けと》ばした。恐怖と敵意を蹴散らしたかった。思わぬ抵抗にあって、頭に血が上った警備員は容赦なく僕の顔を二、三発殴りつける。僕は耳に嚙《か》みついた。

「この野郎、腕へし折るぞ」と叫んで、警備員は僕をうつ伏せにして腕を締め上げた。みしみしと右腕がいやな音を立て、気が遠くなるような激痛が上半身を駆け抜けた。

痛みと屈辱感で、涙が溢れてきた。

笠井のことが気にかかった。

唾を吐くと、床が赤く染まった。耳に齧《かじ》りついた時の警備員の血なのか、僕の血なのかよくわからなかった。

警備員は力まかせに腕を締め上げ、そして僕はあまりの激痛に悲鳴を上げた。

騒ぎに、人が集まり輪ができていた。

僕は朦朧《もうろう》とした意識で顔を上げ、周りを見渡した。

敵意が警備員だけのものではなかったことを知って、新しい恐怖が僕を包みこんだ。中年のおばさんたちが周りを取り囲み、汚いものを見るように僕を見下ろしていた。彼女たちはあきらかな侮蔑《ぶべつ》と嫌悪の視線を、僕に容赦なく浴びせていた。

僕は声を上げて泣き出した。あまりにもみじめでそのまま死んでしまいたかった。

「万引きね」と誰かが言った。

「いやねえ、最近の中学生は」と薄笑いを浮かべながら誰かがそれに応《こた》えた。

「そんなガキ、刑務所に入れちゃいな。札幌の恥よ」と警備員に向かって誰かが言った。

「許しちゃ駄目よ、甘くするとこういうやつはどうせまた繰り返すんだから」

十数人の露骨な憎悪の視線にさらされて、深い屈辱感に苛《さいな》まれ、身動きもとれずに僕はただ痛みに耐えていた。涙と鼻水とよだれがだらだらと床に垂れ、時々頬に触れるタイルの冷たさに怯え、体が小刻みに震え続けた。

その時、僕は見た。

僕を取り囲んだいくつもの好奇の視線の中に、あきらかに違う色合いの視線を投げかけてくる女性の姿を。

僕はうつ伏せのままできる限りの力を振り絞って顔を上げ、彼女の姿を目で追った。

目が合うと、女性は悲しげに微笑んだ。

淡い緑色の上着を着た二十二歳くらいの髪の長い女性だった。

「かわいそう」と彼女の唇が動いたような気がした。

「痛いでしょう」

「えっ？」と僕は心の中で叫んだ。

「我慢するのよ。頑張るのよ」

彼女の唇の動きが、僕の心に声となって響き渡った。彼女の顔は僕を苦しめるあらゆるものの前に立ちはだかってくれるはずの、自分で作り上げた空想の女性像にあまりにもよく似ていた。

「痛いでしょう。我慢するのよ」

僕はうなずいた。床に頭を打ち付けるように、何度も何度もうなずいた。

新しい涙が次々と頬を伝わり、床の上に零《こぼ》れ落ちていった。

5

デパート近くの警察署に僕は連れていかれた。僕の前には中年の刑事が面倒くさそうな顔をして座り、頭の上では切れかけた蛍光灯がチカチカと神経に障る音をたてながら点滅していた。窓もなくテレビドラマに出てくるような、殺風景で暗い雰囲気の部屋だった。

「万引きかあ。まだ君、中学生だろう」とうんざりしたような顔をしながら、太った方の刑事が訊《き》いた。

僕は何も言わずにうなずいた。

「名前は？」

僕は俯《うつむ》いていた。目の前にいる二人と顔を合わせるのがいやだった。

「もう一度訊くよ。君の名前は？」

「R.Y.」と僕は咄嗟《とっさ》に答えた。

「ああ？」と眼鏡をかけた神経質そうな痩《や》せた刑事が薄笑いを浮かべ、ボールペンをまるで僕の目に突き刺すように突き出した。

「もう一度。名前は？」

「だから、R.Y.です」と僕は声の震えを悟られないように言った。

その途端に物凄《ものすご》い力で頭を引っぱたかれた。そして髪の毛を鷲掴みにされて、今度は顔面を平手で二、三発張られた。

「なめているの？」という優しい声音に僕は身震いした。

「俺たちね、とても忙しいの。君みたいなちゃちなジーパン泥棒に付き合ってる暇なんかないわけよ。わかるでしょう」と痩せた刑事は言うと、僕の目のすぐ先で煙草をじりじりと吹かしてみせた。煙草の火の熱を目の周囲にはっきりと感じた。

「じゃあ、あいつの名前は？」

「アイ・ドント・ノウ」と僕は言った。札幌の中学生たるもの国際人であらねばならないのだ。

「どうする?」という感じで痩せた刑事がもう一人の刑事に顎《あご》をしゃくった。

「こいつを怒らせるとまずいよ、R・Y・君。もうお家《うち》に帰りたいだろう」

僕は黙りこんでいた。

札幌の恥、という言葉が頭の中に鳴り響いていた。

警察官が一人、取調室に入ってきて痩せた刑事にぼそぼそと耳打ちをする。

すると刑事は声を出して笑い出した。

そして「山崎隆二だからR・Y・か。こりゃまたずいぶんと正直だ。君の相棒の笠井信二も先ほど捕まったそうだ」と勝ち誇ったように言った。

正体不明の悔しさのようなものに足の先から頭のてっぺんまで占拠されてしまったようで、僕はひたすら吐き気をこらえていた。激流のような感情が渦を巻き轟音《ごうおん》をたてて体の中を流れ、やがて僕はそれに耐えることができなくなった。

「ごめんなさい」と僕は泣きながら言った。

それからは体の奥底からこみ上げてくる悲しみにまかせるままに机に突伏して泣いた。

その間に、痩せた刑事は調書を書き上げ、そしてそこに拇印《ぼいん》を押すようにと言った。僕は言われるままにその指示に従った。

「ジーパン泥棒の見張り役兼実行犯。初犯。補導時に抵抗。取調べ時、自分の名を隠し、R・Y・と強弁」とそこには書かれてあった。

「さっきは顔を張って悪かった。最初から素直にしてくれれば、そんなことをするつもりはなかったんだ。まあ、君も懲りただろうから、反省してもう二度とこんなことはしないようにな」と急に優しい声を出して痩せた刑事が言った。

「はい」

「これでお母さんを呼んで君の方は終わりだ」

頭の上ではまるで神経症にかかったような蛍光灯が、うるさく音をたてながら痙攣《けいれん》のように小刻みな点滅を繰り返していた。

翌日、生活指導の教師が僕の家に訪れてきて、とにかく二、三日学校を休んで頭を休めなさいと言った。笠井は余罪が多く、もう二度と学校に戻ってくることはないだろうが、そのことについては深く考えないようにとも言われた。そして学校としては、どちらかというと君を被害者と受けとめているから、とにかく少し休んで、それから安心して学校に戻ってきてくださいと。

母親は泣きながらその言葉を聞いていた。

それから僕は二、三日、家で謹慎した。といっても昼の間は、庭で日向《ひなた》ぼっこをしているだけだった。庭のあちこちに黒蟻が巣を作って、忙しく動き回っているのを眺めていた。黒蟻は何かを運んで巣穴に入り、そして何も持たずに巣穴から出てきた。初秋の控えめな太陽の光が、蟻と蟻塚とそしてそれを眺めている僕を照らしていた。

僕は教師に言われた通り何も考えないように努めた。自分が負った傷も、たぶん一生拭《ぬぐ》うことができないかもしれない原罪に近いような罪の意識も、とにかく何も考えないようにしてただ太陽の下で蟻たちの営みを見続けた。何時間も何時間も。

学校に戻るとそこには普通の生活があった。

ただ笠井の姿はなく、僕はバスケットボール部の五人目のレギュラーとなった。そして、街や学校の空気に飲みこまれるように、来るべき札幌オリンピックに少しずつ胸を躍らせるようになっていったのだった。

6

ジョエルマが泣いているように見えた。

僕はベッドに横たわり、夢と現実の境目で中学生時代の悪夢を思い出していた。警備員に組み伏せられ、舐《な》めるように触れた鳩丸屋の床のひんやりとした冷たさは、あれから二十年が過ぎて三十三歳になった今も消えることなく体の中に在り続けている。

一人取り残されてからのこのベッドの冷たさも、どこかその感触に似ていた。

ポリスのCDはいつの間にか終わっていた。

あるいはジョエルマにも僕が泣いているように見えたかもしれない。しかし、実際のところは僕もジョエルマも泣いているわけではなかった。ただ僕は寝転がり、ジョエルマはいつもの場所にいつもの恰好《かっこう》で立ち尽くしていただけのことなのだ。

あの事件より少し前、死のことばかりを考えている時期があった。中学に進学したすぐの頃のことである。死そのものについて、深くつきつめて考えた。死ぬとはどういうことなのだろうか、どんな感じなんだろう、その先はどうなってしまうのだろうか。

自分という存在が絶対かつ不滅なものではなく、いつかは消え去ってしまうものであることを意識し始めたのである。中学一年になりたての少年にとって、それを考え続けることには相当な危険が伴っていた。

僕は常に漠然とした死の恐怖を抱きながら毎日を過ごすようになっていた。ベッドに横たわっていると、暗闇が胸にのしかかってくるような苦しさを覚えた。自分はいつか必ず、逃れられない宿命として、死ぬ。今、こうして怯えたり苦しんだり考えたりしている主体そのものが消えてしまう。

それはいったいどういうことなのだろう。そう考えると、胸の動悸《どうき》が高まっていった。

それから決まって、宇宙の果てとか永遠という概念について考え始めた。生と死という限りあることよりも、それはある意味ではより不可解で恐ろしく、激しい胸の痛みを僕に与えた。それでも僕は真正面からそれらのことに向き合った。迂回《うかい》する知恵も、知らないふりをするという策略もなかった。わからないことに思考を巡らせ、勝ち目のない対決を挑み続けた。その結果として得るものは、怯《おび》えや不安や胸の苦しみ、そんなものばかりだった。

毎日のようにそんな夜を送っているうちに、少しずつ神経が磨《す》り減り、いつも鬱々《うつうつ》としていた。

死というものを強く意識し、それを解決しようとしたことで、中学生だった僕は自分の力では溶かすことのできない大きな氷の塊を胸の中に抱えこんでしまったのだった。

神経の消耗は肉体へと連鎖していった。

食欲が極端に落ち、吐き気と腹痛につきまとわれるようになった。突然襲ってくる腹痛で夜の間中ベッドの上でのたうち回っていることもしばしばで、体は痩せて頬はすっかりこけてしまっていた。間欠的に襲ってくる腹痛に、歯をギリギリと食いしばって耐えながら、僕は考え続けた。

死とはいったい何なんだろう。

自分がいなくなるというのはどういうことなんだろうか。

夜が白み始める頃、やっと入った浅い眠りの中で必ず同じ夢を見た。それは小学校の頃に飼っていた白文鳥のイメージだった。ヒューズという名前をつけたその文鳥は、雛《ひな》の時から育てたもので、僕にとてもよくなついていた。

ある寒い冬の夜、小学校から帰った僕は、居間で横になり、テレビを観ながらうたた寝をしてしまった。足元でもぞもぞといやな感触がした。背筋に悪寒が走って、僕は目を開いた。「クックックッ」とそれまでに聞いたことがなかった鋭い鳴き声を上げ、血を吐きながら、ズボンの裾《すそ》からヒューズが飛び出してきた。いつの間にか、ヒューズは僕のズボンの中に潜りこみ、寝返りを打った瞬間に潰《つぶ》してしまったらしい。

ヒューズは口から三、四度真っ赤な血を吐き、あお向けになったまま動かなくなった。白文鳥の輝くような真っ白な羽が、吐き出した血で赤黒く染まっていた。足だけが小さく痙攣していたが、やがてそれも止まった。ズボンの裾から飛び出してきて、血を吐いてから死ぬまではわずか数秒間のことで、僕はその一部始終をまばたきもせずに、なす術《すべ》もなく眺め続けていた。小さくはあるが確かな生命が、のたうち回りながら消えていくそのありのままの過程をだ。

動かなくなったヒューズを僕はしばらく茫然《ぼうぜん》と眺めていた。それから、ヒューズを手に持って台所へと向かった。あんなに美しい白い羽を持った文鳥が、どす黒い血で体を染めたまま死んでいるのが憐《あわ》れに思えたのだ。洗ってやろうと思って水をかけたが、血は落ちなかった。僕は何とかきれいにしてやりたいと思い、食器用の洗剤をかけた。すると、固まっていた血が溶け出して、ヒューズの体全体が薄いピンク色に染まった。それからはいくら水をかけても、その淡いピンクはもうそれ以上落ちることはなかった。

僕は急に恐怖を覚えた。

たった数秒の間に、ヒューズが別のものに変質してしまった事実が怖かった。その事実の証《あかし》のようなピンク色に染まった羽が怖かった。

明け方の浅い眠りから、僕はいつも同じ夢を見て飛び起きた。足元をもぞもぞと何かが動く気配を感じ、そしてそこに何もないことを確かめて胸を撫《な》でおろす。あの日から、僕の足にまとわりついているような死の気配。僕は再び考える。死とは何なのか、ヒューズはいったい何から何へと変質していったというのだろうか。やがて、僕は眠ることにさえも怯えるようになった。

あまりの様子のおかしさに、僕はとうとう病院に連れていかれた。

胃炎と診断され、両手に持ちきれないほどの薬を処方された。母親は病名がわかってホッとした様子だったけれど、僕の病気が胃炎なんかでないことは自分が一番よくわかっていた。症状が、あるいは医者から与えられた病名が胃炎というだけのことなのだ。

しかし、予想に反して僕の神経症は思わぬことから恢復《かいふく》を始める。

ある日曜日の朝刊に、その小さな記事は掲載された。

危うく見過ごしてしまいそうな小さなコラムだった。僕にとっての小さな幸運は、これからオリンピックを迎える国際都市札幌の中学生たるもの、新聞くらいは一通り目を通しなさいというホームルームでの担任の一言から始まった。

新聞はテレビ欄とスポーツ欄と、せいぜい社会面くらいにしか興味がなかった僕が、生まれてはじめて文化面を開いた。担任の説教の翌日だったこともあるし、やはり僕は僕なりにオリンピックというものを意識の片隅に置いていたのだろう。

それはこんな記事だった。


〝永遠という概念を考え始めると私は頭が割れそうに痛くなります。宇宙は無限だ、と言われるとそれだけで胸が一杯になります。おそらくそれは自分の想像力の遥《はる》か彼方《かなた》にある手に負えないものだからなのでしょう。

そんな時、私はあるふたつの言葉をいつも思い浮かべます。

その一。中国の古い言い伝え。

千年に一度空から天女が降りてきて、三千畳敷きの岩を羽衣で一掃きする。そしてその岩が磨滅してなくなるまでの時間を永遠という。

その二。どこかの科学雑誌の聞きかじり。

宇宙が無限である意味はただひとつ。膨張を続けているということに他ならない。

概念には定義というものが必要で、そしてその定義は要するに自分が気に入ったり、ある程度納得できれば何でもいいんだということがわかりました。正しい正しくないはとりあえず置いておいて、私はこのふたつの話を思い浮かべるだけで何だかずいぶんほっとするのです。（青）〃

たったこれだけの小さなコラムだった。しかしこのわずかな情報が僕に与えたものは計りしれなかった。わからないことや恐怖にはクッションが必要で、それは色々な形ですでに用意されているものなのだということを知った。

この小さなコラムは僕の心にスクラップされ、記憶の片隅にピタリと貼りついた。それは、温湿布のように恒常的な微熱を発し続け、僕の体の中に現れた大きな氷の塊を少しずつ少しずつ溶かし始めてくれた。

宇宙は膨張している。だから無限なんだ、だから宇宙には果てがないのだ。膨張というたったひとつの単語は僕の気持ちをどのくらい楽にさせただろう。まるでそれは無限という理解できない獣の尻尾《しっぽ》をはじめて捕まえたような勇気を僕に与えてくれた。

そして千年に一度舞い降りてくる天女。

その姿を想像するだけで胸がときめいた。あれほど僕を苦しめた永遠という化け物を磨滅させるために現れる女性。僕はなるべく現実的な形でその姿を想像し、あらゆるイマジネーションを喚起させて、できあがった形に色を塗っていった。そして、僕はその女性に

「ヒロミ」という名前をつけた。特に理由はなかったけれど、イメージに出てくる姿とその呼びやすい名前がうまくマッチしているようで気に入った。

僕はそれまでに僕を苦しめ続けた長い夜にいつもこう考えるようになった。

「宇宙は膨張しているだけなんだ」

それから僕は目を閉じて、自分で解決できなかったあらゆることに立ちふさがってくれる女性の姿を想像した。羽衣を持って、永遠さえも溶かしてしまう女性。

理解できない概念にがむしゃらに立ち向かうよりも、映像として空想の中のヒロミを眺めていることの方が遥かに安全だった。それは時によって姿や形を変え、しかし確かなイメージとして僕の中に出現したのである。

7

「ヒロミ?」

僕が彼女の存在をこんなにも身近に感じるのはいったい何年ぶりのことだろう。身近に感じるどころか、僕はもう何年もその名前を思い出すことがなかった。それは少年時代に自分を救い出すために僕が勝手に作り上げたヒロインであり、それが時とともに必要でなくなっていくことは当然のことであった。

それがなぜ三十三歳になった今、僕の脳裏に突然蘇《よみがえ》ってきたのだろう。

僕は枕元に置いてある葉子の写真を手にとって見た。二人が出会った年に、八戸《はちのへ》の海岸で写した写真だった。小船に乗る二人の周りを数え切れないほどの数のウミネコが飛び交っている。葉子は頭のすぐ側を飛び回るウミネコを避《よ》けるように、甘えるように、顔をくしゃくしゃにして僕の腕にしがみついている。僕はただぼーっとして、それでも少しだけ嬉しそうな顔をして煙草を吹かしている。波の飛沫《しぶき》がレンズにかかり、水滴がその二人の周りを取り囲んでいる。

僕は無性にビールが飲みたくなった。しかしキッチンまで行く気力が湧かなかったし、冷蔵庫にビールのストックが残っているかどうかの記憶も、それだけではなく、自分を取り囲むありとあらゆる現実というものの認識も、何もかもが梅雨空の雲の切れ目のように曖昧《あいまい》だった。

ヒロミの出現は僕の精神状態と胃炎を画期的に改善させた。現実的には大量に与えられた胃薬が功を奏しただけのことかもしれないけれど、胃の状態が改善されると、不安感も徐々に薄れていった。僕は日に日に体調を取り戻し、より効果的なバスケットのフェイントの方法を考えたり、オリンピックに訪れた外国人の道案内程度の英語を習得することに集中していた。

そして、それから間もなく鳩丸屋での事件が起こった。

一九七一年にどこにでもいた札幌の中学生と違っていたことがあったとすれば、僕が学生ズボンのポケットの中にいつも折りたたみ式のナイフを忍ばせていたことかもしれない。

その理由は単純だった。

あの痩《や》せこけた刑事を見つけて刺し殺すためである。あるいは、僕を組み伏せた巨体の警備員、札幌の恥と吐き捨てた中年女。誰でもいい、あの日、僕を侮蔑《ぶべつ》し屈辱を与えた人間をもし街中で見かけたらためらうことなく刺すつもりだった。

もちろん罪を犯したという意識は深かった。その罪によって、僕は山崎隆二からR.Y.になってしまったのである。それは僕にとってヒューズがある日なす術《すべ》もなく、目の前で何かから何かへ変質していったことによく似ていた。

僕は自分の犯した罪と、そしてその日僕に向けられた憎悪によって確実に変質させられてしまったのだ。床に組み伏せられる前の自分と後の自分。

僕は空想した。

毎日のように考え続けた。

電車の中で痩せた刑事を見つける。たとえば学校帰りの電車の中で、向かいの席に座ってのんびりと新聞を読んでいるあいつを見つける。

その時にどうするのか。

刺すのだ。

体の中に巣食ったこのどうしようもない屈辱感を払拭《ふっしょく》するために。自分の罪を洗い流すために。ためらうことはない。あの痩せた刑事を変質させるのだ。あいつだけではない。あの日、あの場所に居合わせたすべての人間を見つけ出してマネキンに変えるのだ。あいつらはかさかさの人形になり、そして僕はR.Y.から山崎隆二に戻る。

僕はいつも、汗ばんだ右手でナイフを握り締めていた。

僕はよく同じ空想をした。

電車の座席に座り新聞を読みふける刑事ににじり寄っていく。気がつかれる前にナイフをポケットから取り出し、刃を立てて一気に走る。ためらうことなく、胸部を目指して体ごと突っこんでいく。あいつを宇宙の膨張の彼方に葬り去るために。僕の憎しみに凍りつくナイフが刑事の胸に突き刺さり、肺腑《はいふ》を抉《えぐ》るその直前、僕と彼の間に一人の女性が割りこんでくる。

淡いグリーンの上着を着た長い髪の女性。あの日、僕を取り囲んだ野次馬の輪の中で、ただ一人だけ憐憫《れんびん》の視線を投げかけてくれた女性。いつも僕を屈辱の底から抱き起こしてくれた女性。

ヒロミ。

しかし走り出した勢いは止まらない。僕のナイフはヒロミの胸部を深く抉る。嘘のようにするすると突き刺さっていくジャックナイフ。彼女のふくよかな胸に鮮血が迸《ほとばし》る。ヒロミはヒューズと同じように口から血を吐き続ける。心臓の鼓動とおそらくは同じペースで。

「もうやめなさい。R.Y.」

苦しい呼吸の合間を縫うようにヒロミは僕にそう告げる。

「もう、やめなさい。こんなことはやめて、早く山崎隆二に戻るのよ」と。

それからヒロミの顔は緑色に変色していく。ゴボッ、ゴボッという血を噴き上げる音。床にみるみる広がっていくどす黒い血溜《ちだ》まり……。

空想はいつもたいていそこで終わった。

早くR.Y.から山崎隆二に戻れとヒロミは言う。それはすなわち僕自身の願望だった。しかし、その方法が僕にはわからなかった。

必ずヒロミを刺すことになる結末が息苦しくなって、ある日、僕は、折りたたみナイフを空地に捨てた。

あの日の屈辱を拭《ぬぐ》うことはできなかったけれど、ナイフの重さくらいは心が軽くなったような気がした。

「しょうがないやつだ」とジョエルマが言った。

「いつまでも、くよくよしやがって。あたいみたいに背筋を伸ばして立ってみなよ」

何かを始めなければいけないな、と僕は思った。何でもいいから、とにかく何かを始めなければいけない。そうしないと、アジアンタムの葉のようにやがてちりちりにしおれ、そのうちいくら水を与えてもとり返しがつかなくなってしまう。それはわかっていたし、そしてどこかで自分がそれを望んでいることも確かだった。

とにかく何かを始めなくてはならない。

熱帯魚を飼うか、鳥を飼うか、それとも子犬を飼うか、いくら考えたところで、それ以上のまともなアイディアは何も思いつかなかった。

僕は立ち上がってキッチンに向かい、冷蔵庫のドアを開けた。

缶ビールはおろか、冷蔵庫の中にまともなものは何ひとつ入っていなかった。餌をもらい損ねた野良犬のように諦《あきら》め悪く僕はそこを離れ、〝ブリング・オン・ザ・ナイト〟の入っているCDを捜す。それは予想していたよりも簡単に見つかった。

寝室に戻ってCDをプレイヤーにかけ、たったそれだけのことでずいぶんと救われた気持ちになっている自分が不思議に思えてくるのだった。

8

深い眠りの中で、僕は何度か電話のベルが鳴っているのを聞いたような気がした。それから部屋のインターホンも何度か鳴った。誰かが自分を訪ねてきていることは、意識の片隅で理解していた。しかし訪問者の顔をインターホンのモニターで確かめる気力も、そしてどんな客であれ受け入れる気分にもなれなかった。

時計は十時三十分を指し示していた。それが午前なのか午後なのかも瞬時には判断できなかった。確か今日は火曜日で、会社をさぼって吉祥寺のデパートの屋上にいた。そこで見知らぬ女性に声をかけられて、ずいぶん長い時間話をした。それから路線バスに乗ってここに帰ってきた。外は真っ暗だから、きっと今は夜の十時三十分に違いないだろう。痺《しび》れているような頭では、そこまで理解するのがやっとだった。

またインターホンが鳴った。

「出ろよ」とジョエルマが睨《にら》んだ。

こんな時間に何度も何度もインターホンを鳴らすのは確かに変だな、と思った。とりあえず、誰がやってきたのかだけでも確かめてみよう。僕はベッドからゆっくり起き上がり、リビングルームへと向かった。

白黒の画面の向こうに見覚えのある初老の男が立っていた。

僕が勤めている文人出版の上司、沢井速男《はやお》だった。

将来の計画も就職の予定もなく、大学に通うのも億劫《おつくう》で、ただ毎日を漠然と遊んで過ごしていた僕を社会という枠組みの中に引き戻してくれた人だった。

確かにあの頃、僕は学生というモラトリアムが半永久的に続くような錯覚をしていた。自分の好きなことだけをやって嫌いなことには目も向けない、ある意味では典型的な怠け者の学生崩れになりつつあった僕を、沢井は快く受け入れてくれたのだ。

そして、編集という仕事を与えてくれた。それだけではなく、編集者のあるべき姿、進むべき道、その可能性など多くの精神的な示唆を僕に提示し続けてくれた人だった。その沢井が、スーツ姿にネクタイを几帳面《きちようめん》に締めて、インターホンの前に背筋を伸ばして立っている。

僕は逡巡《しゆんじゆん》した。

しかし、そのためらいが、結局長くは続かないものであろうこともわかっていた。僕は二十歳上のこの上司が好きだったし、尊敬もしていた。それに何といっても、訪問を無視するには僕はあまりにも多くのものを彼から与えられ続けてもいたからである。

「こんばんは」と僕はインターホンを手に取って言った。

「おう、やっぱりいたか」と沢井は嬉《うれ》しそうに笑った。

沢井が僕のマンションを訪ねてきたのはこれがはじめてだった。その理由を僕はすぐに理解することができた。何しろもう一週間も、連絡もせずに会社に出勤していないのである。

「ちょっとどうだ、その辺にでも」

「わかりました、すぐに下りていきます」

僕と沢井は西荻窪《にしおぎくぼ》の駅前通りにある静かなワインバーに入り、カウンターに並んで座った。僕ら以外に客は誰もいなかった。

「キース・ジャレットかあ」と沢井は店に流れるピアノソロに耳を傾けて言った。

「〝フェイシング・ユー〟ですね」

「昔、これよく聴いたなあ」

「僕は今でも時々聴きます」

「きれいなピアノだよなあ」

「何かが懐かしくなるようなメロディーですよね」

僕はビールを、沢井はジンフィズを頼み、とりあえずはまああという感じでグラスを重ねた。たった一週間しか会っていないだけなのに沢井のことがずいぶん久しぶりで、そして懐かしく思えたのはキース・ジャレットのピアノのせいだったのかもしれない。

沢井はしばらく何も言わずに、ハイライトを吸いながら音楽に聴き入っていた。眼鏡の奥の瞳《ひとみ》は、愛する人を思い出している時のように優しく輝いていた。

だから僕も何も言わずに煙草を吸い、ビールを飲み、そして音楽に耳を傾けた。沢井が一週間会社を無断欠勤した僕に説教をしたり、縄《ひも》をつけて引き戻したりするためにここまで来たのではないことだけはわかっているつもりだった。

「最近、歳のせいか時間がゆるゆると流れていくような気がしてな」と沢井は煙草の煙をゆっくりと吐きながら言った。

「ゆるゆるとですか？」

「そう。ずいぶんとゆるゆると」

キース・ジャレットの、まるで感情をそのまま鍵盤《けんばん》に叩《たた》きつけているような、情緒過多なメロディーが流れ始めた。〝リトゥーリア〟。僕は学生時代、この曲を聴くたびにミュージシャンの心の底に流れる、喜びや悲しみや愛や憎しみといったものがいかに激しく強烈なものなのかを思い知らされるような気がしたものだった。その膨大な感情の奔流からわずかに零《こぼ》れ出たたった一曲の即興曲ですら、こんなにも狂おしいほどに情緒的なのだ。

「君もずいぶんとつらい思いをしたんだろう」

沢井はいつものようにグレーの品のいいスーツを着て、それに溶けこむような自己主張を感じさせない茶系のネクタイを締めていた。

「いえ、そんなことは言い訳になりません」

「いや、いいんだ。僕も、君の今の気持ちは何となく理解できるような気がする」

　僕は何も言わずにビールグラスを傾けた。

「しかし、あんな若い恋人に死なれちゃうとはなあ。そりゃあショックだよ。僕もね、七年前に女房を亡くしたんだけど、立ち直るまでに二年くらいかかったよ。癌だったんだけれど、最後の方は相当きつくて、見ていられないくらいに可哀相だった。何もしてやれることもないし。恢復の見込みのない親族を看《み》るほどつらいことはない」

　沢井はややしゃがれた、静かな声で言った。その時の苦しみがまだ胸の中で反響しているような、つらそうな表情をしていた。

「最後は精神が錯乱しちゃって、父さん父さんて僕を呼ぶんだ。そして叫ぶようにこう言う。紋白蝶《もんしろちょう》が舞い降りてきて、私の舌の上にびっしりと黄色い卵を産みつけた。父さん助けて。それをこそいで。その言葉というか叫び声が耳に焼きついて、いつまでも離れない」

　沢井はジンフィズを飲み干して、赤ワインのグラスを注文した。僕もそれに付き合うことにした。

「今日は君を元気づけようとしてやってきたのに、申し訳ない。こっちの方がぼやいちゃって」と言って沢井は照れくさそうに煙草を揉《も》み消した。

そして続けた。

「あの時、山崎が一ヶ月休みが欲しいって言ってきた時、何かいやな予感がしたんだよ。旅行に行くから一ヶ月の休みが欲しいなんて、君がそんなことを言い出すタイプの人間でないことは僕が一番よくわかっている。だから、きっと余程の事情があるんだろうとは直感していた。突然帰国して、それから君はその一ヶ月の元を取るように猛烈に働いて、そして先週から連絡もなく会社に来なくなってしまった」

「何も整理がついていないことに気がついたんです。葉子の死のことはもちろん、そのことだけじゃなくて、もっともっと昔からの自分自身のことですら、何も整理しないで散らかしたまま生きてきた。その反動が今になってまとまって自分に降りかかってきているんだと思います」

「そういうことか」と沢井は言った。

「そういうことです」と僕は答えた。

「うちの女房が末期癌で死の床に臥《ふ》せている時、僕は生まれてはじめてこの仕事を嫌悪した。勃起《ぼっき》させて売る。いつか君に言ったように、エロ本作りには編集の基本中の基本の要素が一杯詰まっていて、単純なだけに難しいし、だからこそ面白いということもある。だから僕はこの仕事をいつも誇りに思ってきたし、今でもその気持ちに変わりはない。でもな、女房が危篤でスパゲティ状態になっている時、さすがに陰唇が写っているとかいないとか、ここは肌なのか粘膜なのかとか、そんなことを毎日やっているのがつらくなっちゃってな」

「スパゲティ状態？」

「危篤患者は体中に何本もチューブを刺すだろう。だからそう呼ぶらしい」

店は静まり返っていた。カウンターの中でマスターは読書をしている。キース・ジャレットの熱演は終わり、主張を何も感じさせない、ただ耳触りのいいだけのオールディーズが静かに流れていた。

「ただ、僕には高校生の娘がいたから。娘の顔を見るたびに歯を食いしばって、変な話だよな」

「何がですか？」

「いや、高校生の娘の顔を見て、歯を食いしばってエロ本を作る親父というのもどうもなあ」と言って沢井は声を出さずに笑った。

「まあ時間がかかるならば、それもよしさ。ただ僕は山崎君の才能を信じている。それだけは疑わないでくれよ」

「編集者としての？」

「そう。その通りだ」

「沢井さん」

「うん？」

「いや、よくわからないんですけれど、今の僕の状態を説明すると、自分は過去の積み重ねで生きてきて、そして、その記憶のひとつひとつが膨大なジグソーパズルのように組み合わされて自分というものができているのだとすれば、今はそのワンピース、ワンピースがばらばらになっちゃったような状態なんです。突然、何の脈絡もなく中学時代の破片が浮かび上がってくる。次は小学校時代。その破片が心の中に散らばってしまっていて、自分というひとつの塊になってくれないんです。葉子のことも破片のひとつに過ぎない。それをどこにどのようにあてはめたらいいのか見当もつかなくて、毎日毎日ただ茫然《ぼうぜん》としている。自分がばらばらになってしまっている」

何を言っているのかほとんど整理がついていなかった。ただ僕は僕のことを信頼してくれている沢井に何とかして自分自身の現状を正確に伝えたかった。しかし正確に伝えることはまったく無理で、そうしようとすればするほど、言葉さえもがばらばらになっていってしまう。

「まあ、色々なことをあまり深く考えない方がいい。そういう時もある。時間が薬という言葉もあるし。山崎君に僕なんかが何かをサジェストできるような立場でもないんだが、これだけは経験則として君に伝えておく。とにかく何も考えないこと」

沢井はそう言うと僕の肩をポンと軽く叩いた。沢井という人間の優しさが、温《ぬく》もりのように僕の肩に乗ったような気がした。

「沢井さん」

「うん？」

「エロ本の編集者って、本当に編集者の中の編集者なんですか」

「僕はそう信じている。我々が作っている『月刊エレクト』にだって、編集の基本の要素がびっしりと詰まっている。単純明快で挑発的で、そして読むものを煽情《せんじょう》し勃起させる。それができれば、きっとどんな本だって作れる。僕はそのことを疑ったことがない」

「沢井さんは編集者の中の編集者？」

「その過程かな。まだまだだよ」

「ところで今度のユーカの撮影は……」

「来週の火曜日だ」

「それには必ず行きます。それまでは申し訳ありませんが、頭を整理したいもので……」

「ああ、わかった。ユーカは君がいないとたちまち不機嫌になっちゃうから、よろしく頼むよ。まあ、ＳＭの女王は不機嫌な方がいいと言えばいいんだけど」と言って沢井は僕の目を見て微笑んだ。

「とにかくそれまではゆっくり頭を休めて、パズルを組み立て直すんだ。葉子さんのピースの位置を見つけるんだ」

「そうします。わがままを言って申し訳ありません」

店を出て、沢井は駅のある右の方向へ、僕はマンションのある左へと歩き出した。僕は時々振り返って、遠ざかっていく沢井の後ろ姿を眺めた。五十を過ぎた初老のエロ雑誌編集者は、たいして飲んでもいないのに時々、ほんのわずかではあるが、足がよろよろとよろめく。それでもとぼとぼと確実に歩を進め、姿は少しずつ小さくなり、やがて闇に吸いこまれようとしている。

僕は無断欠勤の部下のマンションをわざわざ訪ねてくれた沢井の厚意に胸が熱くなる思いがした。よろりよろりと歩く沢井の後ろ姿は、僕の心に張り巡らされた感情の糸のようなものをかき鳴らしているように思えた。

そして僕は思った。

沢井の失った夫人の記憶の断片は、いったいどのような形であの後ろ姿の中に組みこまれているのだろうかと。

〝リトゥーリア〟の悲しい調べが、いつまでも頭に鳴り響いていた。

9

熱帯魚を飼ってみようかという思いつきが、僕の心の中に大きく広がり始めたのは、沢井が僕のマンションを訪ねてきた翌日からのことであった。

思えば思うほど、それは決して悪いアイディアではないような気がしてきた。考えてみれば、僕は小学生の頃から熱帯魚に憧《あこが》れていた。母親に連れられて出かけたデパートで、熱帯魚売り場の水槽に貼りつくようにして眺め続けていたものだった。水の中を闊達《かったつ》に泳ぎ回る美しい色を放つ小魚たちは、何時間見ていても飽きないほどに僕を夢中にさせた。絶え間なく響き続ける、ポンプから送られた空気が水に溶けていくポコポコという音も心地よかった。

ただし、小学生にとって飼育を始めるのは金銭的に不可能に近かったし、そのことは十分に理解できた。だから、大人になって自分で金を稼ぐようになったら、いつかは飼ってみたいと思いながら僕は額を水槽に貼りつけ続けていたのだった。

その時の思いを叶《かな》えるのは今なのかもしれない。今の自分は熱帯魚を飼育するくらいの金は稼いでいる。そう思うと、いても立ってもいられなくなり、僕は中央線に乗って新宿へと向かった。

三軒目に回ったデパートの熱帯魚売り場で、僕はこれまでに見たこともなかったような美しい魚と出会った。その熱帯魚だけは、他とは違う巨大な水槽に集められていた。僕の足はその大きな水槽の前で釘付《くぎづ》けとなった。

全身がコバルトブルーに光り輝く、直径一五センチほどもある円盤のような形をしたまん丸い魚体が、ふわふわと優雅に泳いでいる。水の中にいるというよりは宇宙を浮遊しているような、重力を感じさせないスローモーな動きだった。そして、宝石を埋めこんだような印象的な真っ赤な目。その魚たちは水底にある餌にのんびりと近づき、それを口に入れては吐き出すという動作をゆったりと繰り返している。いかにも気品があったし、そして気難しそうだった。その姿は、それまでに自分が抱いていた熱帯魚のイメージとは遥かにかけ離れていた。

〈ディスカス　南米アマゾン産　熱帯魚の女王と呼ばれている　マニア向けで飼育難度は最高級〉

水槽には簡単な説明書が貼られていた。

「熱帯魚の女王かあ」と僕は溜息《ためいき》をつき、その場からしばらく離れることができなくなってしまっていた。ディスカスという魚の美しさもさることながら、飼育難度は最高級という文言も僕の心を微妙にくすぐった。まったくの初心者だったが、いきなり一番難しい魚にチャレンジしてみるのも面白いかもしれないという誘惑が心の片隅に芽生えた。今から始めたとして、初心者向けと説明されているグッピーから、段階を踏んでディスカスに辿《たど》りつくまでにいったい何年かかるのだろうか。想像すると溜息が出る。

その店にはグッピーから、難易度順に水槽が並べられていて、ディスカスとの間には百本もの水槽があった。僕はその間を何度も注意深く往復してみては、ディスカスの水槽の前で立ち止まって溜息をつくという動作を繰り返していたのである。

問題はディスカスの値段だった。

安い個体でも一匹一万五千円とある。中でも一番大きくて、ひときわ美しいコバルトの光を放っている個体には十五万円という値段がつけられていた。水槽のフルセットに五匹ほどのディスカスを買い揃えたら、いったいどのくらいの価格になるのだろうか。何度かの往復と溜息を繰り返し、結局のところ僕はしょぼくれてショップを後にしたのだった。

それから中央線に乗って吉祥寺へと向かった。そして、東急百貨店屋上のいつもの場所に座って煙草を吹かしていた。

水曜日の午後の屋上は見るものすべてがのんびりとしていて、ゆったりと時間が流れているように感じられた。また、そう思えるのはいい傾向なのかもしれないとも考えた。確かに昨晩、沢井と話をして以来、少しだけ頭がすっきりとしたような気がする。頬に当たる風も爽《さわ》やかで心地よかった。

最悪期は脱したな、と思った。

しかし油断はできない。憂鬱《ゆううつ》は腹痛のように間欠的にやってくる。たまたま、今は痛みが遠ざかっている状態なだけかもしれない。

僕の頭の中にコバルトブルーに輝く、まん丸い形をした熱帯魚がゆらゆらとゆらめいていた。それは鮮烈な色彩であり、鮮烈な造形であった。あんなにも美しい生物がこの世に存在するということだけでも、大きな驚きであり、発見でもあった。そして、それが自分の部屋の巨大な水槽の中で優雅に泳ぎ回る姿を想像することは、それだけで楽しかった。

僕は新しい煙草を取り出して火を点《つ》けた。

まあいいさ、ゆっくり考えよう。

その時、「やあ」と背中から声がした。

ゆっくりと振り向くと、太陽の光の中に中川宏美が立っていた。

「また湾岸戦争のこと?」

「ああ」と僕は曖昧《あいまい》に返事をした。

「発射されたトマホークの行方について考えていたの?」

「うん。まあ」

「お邪魔じゃないかしら」

「いや、別に」

「座ってもいい？」

「どうぞ」

「私ね、昨日あなたと別れた後に家に帰って一人で考えたの」と言って彼女はハンドバッグからメンソールの煙草を取り出し、火を点けた。白く細長い指に煙草がとてもよく似合った。フランス映画か何かで、まったく同じような仕種《しぐさ》で煙草を吸う女性の姿を見たような気がしたが、それが何という映画のどんなシーンだったかは思い出すことができなかった。

「この間、あなたは、この場所に私がいる理由が、たぶん自分と同じだというようなことを言ったわよねえ。それって、どういう意味なのかなと思って」

「深い意味はないさ」

「そう？」

「ああ。その場の思いつき」

「あなたって対人恐怖症？」

「どうして？」

「だって、絶対に私の目を見ないもの」

「それは子供の頃からの癖かな。何となく人の目を見ながら話をするのっていやなんだ。そういうのは対人恐怖症的と言えば確かにそうなのかもしれないし、でもただの癖と言ってしまえばそれまでだろう?」

「それはそうね」

そんなことを言いながら彼女もほとんど僕の目を見ようとしなかった。でもおたがいにまったく見ていないわけではなくて、隙を見てはちらちらとたがいの様子を探りあっていた。

彼女が見つめている先にはアジアンタムの鉢が並んでいる。見たこともないほどに大きく育ったアジアンタムの緑が風に吹かれてゆらゆらと揺れていた。

「私のことを少し話してもいい?」

「構わないよ」

「名前は中川宏美」

「もちろん覚えている」

「三十五歳」

「昨日は三十三歳だった」

「そう?」

「僕と同じだと言っていたから」

「趣味は暇つぶし」

そう言うと彼女は目を伏せて、しばらく黙りこんでしまった。僕も新しい煙草に火を点けてそれを吸いこみ、彼女が話さない間は何も話さなかった。

「趣味だけじゃなくて、生きがいも生きている意味もそれに目的も夢もみんな暇つぶし」と彼女は少し苛立《いらだ》ったように言った。

「仕事は？」と僕は訊《き》いた。

「三年前までは出版社に勤めていたけれど、もうやめて、今は無職よ」

「主婦なんだろう？」と彼女の左手の薬指に輝く銀色のリングを見つめながら言った。

「だから」

「だから？」

「だからこの間も言ったでしょう。左手の薬指にリングを嵌《は》めている人間が必ずしも現在も結婚しているとは限らないって」

そう言うと彼女はパイプ椅子を少しだけ僕の方に近づけて座りなおした。

そして「旦那《だんな》は三年前に死んじゃったの」と小さな声で言った。

「病気？」

「そうだとよかったと何回思ったかなあ」

「交通事故？」

「それでもまだよかったなあ」

彼女はそう小さくつぶやくと、寂しそうに顔を伏せた。

そして「まあ広い意味では交通事故ね」と続けた。

「缶コーヒーでも買ってこようか？」

「ありがとう」

僕は立ち上がって自動販売機に向かい、温かいカフェ・オ・レの缶をふたつ買った。小さなカフェが併設されていて、そこに色々な飲み物が売られているのだが、ここに来るといつも自動販売機で缶コーヒーを買ってしまう。

「今日は静かね」

缶コーヒーを手にパイプ椅子に戻ってきた僕の前で、そう言った彼女の長い髪が風にふわっと舞った。

「いただきます」と言って彼女は僕に小さく微笑みかけると、優雅な仕種で缶コーヒーのプルトップを開けた。

本当に静かだな、と思った。これは秋の静けさなのだろうか。そういえば、いつもは一日中鳴り響いているエンドレステープもどういうわけか今日は沈黙している。

「さあ、さあ、楽しい楽しい乗り物ですよ。みんなで仲良く遊びましょう。乗りたい人は券を買って近くのお兄さんかお姉さんに渡してくださいね」

一字一句を僕は空で言えたし、おそらく彼女もそうなのではないかと思った。躾《しつけ》の悪い犬もオウムも、今日は嘘のように何もかもが静まり返っている。

「トマホークってもしかしたら、あなた自身のことなのかしら、R.Y.」

「どうして？」

「家でね、方向音痴のトマホークのことについて考えたの。それでね、もしかしたらそれってあなた自身の比喩《ひゆ》じゃないかって思ったのよ」

「まあ、そうかな？」

「やっぱり？」

「狙いすましてミサイルを発射するんだけれど、すぐに誤爆してしまう。わかる？」

「どういうこと？」と言って彼女は髪をかき上げ、そして僕を見て笑いをこらえながら続けた。

「入れる場所を間違えちゃうの？」

「そう」

「いやだ、もしかして入れる穴を誤爆するの？」と言うと彼女は我慢ができないという感じで吹き出してしまった。先ほどまでの彼女の憂鬱な表情にわずかな光が射しこんだような気がして、僕は少しだけ嬉《うれ》しくなった。

方向音痴のトマホークにだって存在している意味があるのだ。

「入れる穴ってそういう意味じゃなくて、好きになった女の子がいたとして、その子ともちろんやりたいのに、気がつくといつもその周りにいる友達とやってしまっている」

「それで本命の子は？」

「結局はサダム・フセインのように取り逃がしてしまう」

「そういうことかあ」と彼女は妙に感心したようにうなずくとゆっくりと缶コーヒーに口をつけた。

「あなた奥さんに逃げられたの？」

「それだったらいいんだけれどね」

「寝取られた？」

「それでも、まだいい」

「死なれたの？」

「そう」

「私と同じね」と言って彼女は溜息《ためいき》をついた。

「おたがい連れ合いに死なれた者同士で、暇潰《ひまつぶ》しに立ち寄っていたデパートの屋上で知り合うなんて、なんていうか最高に情けないよね」

見上げると抜けるように青く、大きな空が広がっていた。

「情けないかもしれないけれど、デパートって落ち着くの。ここにいれば、世間と決定的には離れ離れにならなくてすみそうな気がするのよ。生活に必要な色々なものを売っていて、生活の匂いがある。そんなものがぎっしりと詰めこまれたビルの屋上にいれば、自分はまだ辛うじて社会とつながってるような気持ちになれるの。考えてみれば寂しい話よね、生活に必要なものを売っている内側には用がなくて、でもその外側にはへばりついていたいっていうことだから」

やや俯《うつむ》き加減に話す彼女の姿を僕はひとつも言葉を挟《さしはさ》まずに見ていた。そして、彼女が柔和な優しい顔立ちをしていることにはじめて気がついた。白い薄手のスカートを穿《は》き、脚は細くも太くもなく伸びやかで美しいラインを描いている。テーブルに右肘《みぎひじ》をつき、手のひらをこめかみの辺りに当てて、傾く頭を支えるようにしながら彼女は話していた。

「あなた、静かね」

「何しろ対人恐怖症だから」

「ごめんなさい。傷ついた？」

「まさか。もうそんなことで傷つくような歳じゃないよ」

「でも、私より若い」

「それはわからない。明日になると君は二十八歳って言い出すかもしれないし」

「きっと、あなたが静かな人だから、話してみたくなっちゃったの」

「何を？」

「死んだ彼のこと。話してもいい？」

「もちろん」

宏美はテーブルについていた腕を下ろし、胸の辺りで軽く組んだ。そして一呼吸置いてから、今までの会話とはまったく違って、一言一言を確かめるような口調で話し始めた。

「もう三年になるのかしら。まったく真面目な男だったのよ。彼は国立の大学を卒業して世間では一流と言われている商社で鉄鋼のブローカーみたいな仕事をしていたの。知り合ったのは学生時代で、卒業と同時に結婚した。私と彼の共通の友人カップルがいてね、一緒に結婚式を挙げて一緒にゴールドコーストに新婚旅行に行った。もともと四人でグループ交際していたようなものだったから。私たち夫婦はこれといってたいした問題はなかった。ただ子供がなかなかできなかったけれど、彼もそんなには望んでいたふうでもなかったから、まあいつかできればそれはそれでいいし、できなければできないでも構わない、そんな感じだった。友達の彼は銀行に勤めていたから転勤の連続で、一年半くらいのサイクルで日本全国を飛び回っていたわ。可哀相と言えば可哀相だし、羨《うらや》ましいといえば羨ましかった。転勤のたびに新しい町で新しい生活が始まって、きっとそのたびに新婚気分に戻れたんじゃないかな。とにかくその夫婦とは少しずつ疎遠になっていった。彼らに三人も子供ができて、何となく顔を合わせづらくなっていったということもあった。おたがいにね。うちの旦那は地味な人で、為替《かわせ》だけに神経を張り詰めていて、あとのことはほとんどボーッとしているってタイプの男だったわ。だから私も凄《すご》くやりやすかった。細かいことにはいっさい口出ししないし、生活は私のやりたいスタイルをいつも尊重してくれていたから。私は私で出版社に勤めていて結構忙しいことも多かった。私は彼を信じていたし、きっと彼も私のことを信じてくれていたんだと思う。愛とかそういう強い感情をおたがい前面に出すことはなかったけれど、でももっと深い信頼関係のようなもので結ばれていると思っていた。まあ、どこにでもいる共稼ぎの今時の夫婦ね」

彼女はそこまで一気に話すと、缶コーヒーを飲んだ。

そして再び話し始めた。

「ところがね、三年前の夏くらいから様子が少しずつおかしくなり始めたの。おかしくなったといってもそれは今だからそう思い当たるだけで、その頃はほとんど何も気がつかなかった。私も仕事が忙しかったし。遅くても毎晩十時頃には家に帰ってきていた彼が午前二時、三時の帰宅を繰り返すようになったの。そしてそんなことがしばらく続いたある日曜日よ」と言って彼女は目を伏せた。

僕はためらいつつも吸いこまれるような気持ちで彼女の目を見た。それは森の中に忽然《こつぜん》と現れた真夜中の湖のような沈鬱《ちんうつ》な色彩を帯びていた。彼女は俯いたままライターで火を点《つ》けた。その光が暗い湖を照らす月の光のように、彼女の瞳《ひとみ》の中でゆらゆらと揺らめいた。

僕はその炎を見て、彼女の苦悩の片鱗《へんりん》をはじめて垣間見《かいまみ》たような気がした。

「まったくどうしてかしら」と彼女はうめくようにつぶやいた。

そして吐き捨てるようにこう続けた。

「何もかもがうまくいっていたはずなのに」

その言葉が体の中を落下していくような気がした。深い井戸の中に投げこまれた石ころのようにそれは落下を続け、やがてポチャンという小さな音とともに僕の心のどこかに着水した。

そう、何もかもがうまくいっていたはずなのに、と僕も思った。何かが起こるまでは、その直前まではきっと何もかもがうまくいっていたはずだったのだ。

10

「ある日曜日の午後、中野の警察署から電話がかかってきたの。その日、彼は会社でやり残したことがあるからと言って午前十一時頃に家を出た。夕方の五時には帰る、夕飯を一緒に食べようって言うから、私はパスタがいいかグラタンがいいかって訊《き》いたの。そうしたらエビグラタンが食べたいなって。だから私、スーパーで買い物をしてホワイトソースを作るために小麦粉を炒《いた》めていた。それと、自分が食べたかったからスープ・ド・ポワソンも作っていた。カサゴとメバルを買ってきてフライパンで炒めて、それからエビやホタテと一緒に鍋《なべ》で一時間煮込んで、布巾《ふきん》で何回も裏漉《うらご》しをして。スープがうまく仕上がりそうでとても嬉《うれ》しかった。たぶん鼻歌を歌いながら小麦粉を炒めていたんだと思う。だから電話のベルが鳴った時も出るのがいやだった。小麦粉を炒めるのは神経をつかう作業だし、集中力もいるから。でもね、あんまりしつこくベルが鳴るからレンジの火を止めて出たの。そうしたら、中川さんのお宅ですかって、地獄の底から響いてくるような暗い声だった。そして、非常にお気の毒なんですが、お宅のご主人が先ほどお亡くなりになりました。確認していただきたいので、至急中野の警察署までご足労願えませんかって……」

いつもと違って、どういうわけか不思議なくらいに静まり返っていたペットショップの犬とオウムがいっせいに鳴き声を上げ始めた。夕食の時間だった。

空を見上げると西の方角がうっすらと茜色《あかねいろ》に染まり始めていた。

「中央線に飛びこんだの」と言う彼女の瞳はあきらかな怒りの色に染まっていた。

「昼前に元気に出ていった人が夕方五時には轢死体《れきしたい》になっているってどんな気分だと思う。あなたならどうする?」

「わからない。申し訳ないけれど。どうすればいいのかも、それに今何て答えればいいのかも」

「私が考えたことはただひとつだった。とにかく慌てないで、スープの火を消さなければ。それだけよ。それでね、レンジの火だけは消して大急ぎで飛び出したの。タクシーを拾って中野の警察署へと向かったわ。どうして病院じゃないのかしらって、そればかりを考えていた。本当に死んだのは間違いなくうちの旦那なのかしら。私、彼のこと学生の頃からミッちゃんって呼んでいたの。本名は充《みつる》。だからミッちゃん」

中川宏美はまるで堰《せき》を切ったようにしゃべり続けた。彼女の心の中で、何かが氾濫《はんらん》を起こしていた。抑えこんでいたはずの感情が濁流となって、彼女と世界を遮っていた何かを破壊しようとしているようだった。

「警察には彼というよりも彼の〝部分〟が保管されていた。部分というよりも破片といった方が正確かしら。とにかくちりぢりになった肉片ひとつひとつが几帳面に白い包帯でくるまれていた。包帯には血が滲《にじ》んでいた。それを見た瞬間に私どうしてかしら、裏漉ししたばかりの魚のスープを思い出しちゃって。そうしたら急に気が遠くなって倒れこんでしまった。十年間一緒に暮らしてきた旦那の遺体を前にして、真っ先に思いついたことが裏漉ししたスープだったのよ」

「ふーっ」と僕は思わず大きな溜息《ためいき》をついた。

煙草を持つ彼女の指先が細かく震えている。

「まあ、それでとにかく私の旦那はバラバラの破片になって死んでしまったわけ。ある日の午後、突然にね。それはそれで仕方ないことなんだろうけど、ひどいのはね、その日のほとんど同じ時間に同じ駅のホームで逆方向の電車に飛びこんだ女性がいたということなの。高円寺のホームよ。そこからうちの旦那は高尾行きの快速に飛びこんだ。そして女性はほとんど同じ時間の東京行きの快速に。要するに心中よね、ずいぶんと手のこんだ。私が驚いたことはふたつあって、ひとつはミッちゃんが高尾行きに飛びこんだということ。私たちのマンションは東中野だったから、つまり彼は家とは正反対の方向に行く電車に飛びこんだわけ。それってあんまりだと思わない？　死んでも私のところには帰りたくないっていう意思表示だものね。死んだ女性の家は阿佐ヶ谷《あさがや》だったから、やっぱり同じように逆方向。しかもね、その彼女は一緒に新婚旅行に行った友達だったの」

「ゴールドコーストに？」

「そういうこと」

「凄い話だ」

「本当に凄い話。だからね、私いつも吉祥寺にいるの。最初はミッちゃんへの復讐《ふくしゅう》のつもりだった。そうはいくかって。あなたの魂が私たちの住んでいた家と反対に飛んでいきたいっていうならば、私はここで待ち伏せしてやるって思ったの。彼らが死んで二週間くらいは大騒ぎになった。ワイドショーまで押しかけて来たし、親戚《しんせき》中が怒り狂っちゃって。

でも二週間も過ぎると、ぱったりと誰からも電話もこないし訪ねてくる人もいないし、私一人だけが取り残されたというか、見捨てられたみたいになったのよ。結局、誰だっていやだものね。旦那《だんな》が他の女と心中した人間と付き合ってなんかいられないわよ。それで私、何だか急に寂しくなって、ふらふらと家を出たの。何も考えていなかったし、何も考えられなかった。そうしたら、気がついたらいつの間にかここに座っていた。この椅子に座って泣いていた。バカみたいに、毎日、毎日。こんな裏切りってあるかしらって。ここにきて座っていて、ある日ふと思ったの。彼が家を出ていったあの日から、まだたった三週間しかたっていないんだって」

気がつくと吉祥寺の空はすっぽりと闇に包まれていた。まるでその大きな闇に抱かれているように、僕と彼女とそして何人かの人が所在なげにたたずんでいるだけだった。

「これが、私の頑固で方向音痴なトマホークの物語。聞いてくれてありがとう。つまらない話に付き合ってくれて」

彼女は俯き、その言葉とは裏腹に愛《いと》おしげに左手の薬指に嵌《は》められた指輪を撫《な》でていた。その仕種《しぐさ》を見ているうちに、僕はなぜか遠い過去に夢見続けた一人の女性の姿を思い浮かべていた。

「君はいったい何者なんだ」と僕は心の中でつぶやいた。

そうやって自分の苦しみを語ることで、僕と僕の悲しみの間に横たわり、それを遮ろうとしてくれているのだろうか。

「ヒロミ？」

僕は心の中でそう叫んだ。

聞こえないはずの僕の声に中川宏美がゆっくりとうなずいたように見えた。

喉《のど》がからからに渇いていた。

僕は立ち上がり、缶コーヒーを買いに自動販売機へと向かった。そして二本のコーヒーを買って席に戻ると、そこに座っているはずの彼女の姿は、闇の中に吸いこまれたかのように消えていた。アルマイトの椅子に座り、しばらく僕は待ってみたが、それっきり彼女は戻ってくることはなかった。

11

その日それから僕は吉祥寺東急百貨店の屋上から下りて、裏手にあるバーでビールを飲んだ。あてもなく適当に飛びこんだショットバーだったが、運のいいことにギネスの樽《たる》の生ビールが置いてあった。飲み出したら止まらなくなってしまい、次から次へと浴びるように飲み続けた。ただグラスを口につけ、それをグイッと傾けて、そして新しいビールを注文する。ひたすらそれの繰り返しだった。

頭をよぎるのはあの日のことだった。

中学一年の自分がデパートの床に組み伏せられ、口から血と唾液《だえき》を流しながら、ねじあげられる腕の痛みに耐えていたあの日。床の上から見回した人間たちの光景。体を引き裂くような罪の意識と後悔。どこからともなく響いてくる言葉の雨。

「お前は犯罪者だ」

その言葉をよける傘も持っていない自分。

「札幌の恥」

体中がその言葉に濡《ぬ》れ、言い表せないような不快感と屈辱感に包まれていく。ランニングシャツやパンツにまでやがて染みこんでいく言葉と剝《む》き出しの敵意。

何杯目のギネスだったのだろうか、それさえもよくわからなかった。バーは若いカップルや友達同士でよく賑《にぎ》わっていた。僕はカウンターに一人座って、樽からビールをジョッキに注ぐのとほとんど同じスピードでビールを飲み続けた。目の前の樽から、自分というもうひとつの樽にビールを移しかえる。ただひたすらそれを繰り返していたかった。

あの日の万引きが僕の原罪である。

というよりも原点と言うべきなのかもしれない。

黒ビールの苦さが心地よかった。僕はどうしようもなく酔っ払いたかった。口に広がるこの苦さ程度にしか今は感じなくなった若い日の痛みを、完全に消し去りたかった。すべてを飲み干してしまいたかった。

これはばらばらにばら撒《ま》かれたジグソーパズルの一片なのだ。

自分という人間が、葉子の死のショックによって分解して粉々に砕け散ってしまっている。それまでは、それなりに組み合わされていたパズルだった自分が、葉子というたった一片が抜けただけでばらばらに崩壊してしまっていた。だから僕は床に落ちているひとつひとつのピースを拾い集めている。万引き、死の恐怖の記憶、ヒューズやヒロミという、破片。

酔った頭に、不意に石原美津子の顔が浮かんだ。

その顔を思い浮かべるのは何年ぶりのことだろうか。なぜ何の脈絡もなく美津子を思い出したのだろうか。それもきっと、崩れ去ってしまった僕というジグソーパズルの中の一片だからなのだろう。

美津子は高校の一年先輩だった。

R.Y.は中学に復帰後、ひたすら勉強に集中した。中学三年になるとバスケットボール部にもあまり顔を出さずに受験勉強に打ちこんだ。勉強が好きなのではなく、少なくとも勉強している間だけは人に会うことも会話をする必要もなかったからだ。

高校に進学すると、まず考えなければならなかったことが部活の選択だった。僕は新聞部と将棋部とバスケットボール部と美術部の四つを自分なりの候補にあげ、その中から適当に美術部を選んだ。バスケットに未練はあったが、見学した時の体育会系の雰囲気が好きになれなかった。新聞部は面倒くさそうだったし、将棋部は高校生らしい雰囲気がなく覇気もなかった。結局、短所も長所も、そしてこれといって何の特徴もない美術部が残った。強いてもうひとつ理由を挙げるなら、部室にたちこめる油絵具を溶かすペトロール液の匂いが心地よかったからかもしれない。

たいした根拠もなく選択したその美術部で、僕は石原美津子と出会った。

色白で整った顔立ちをした彼女は一七〇センチにやっと迫りつつある僕よりも少し背が高かった。放課後に部室に行くと、美津子は大柄な体の背筋をピンと伸ばして石膏《せっこう》デッサンをしているか、あるいは油絵を描いていた。白いブラウスに紺色のスカートを穿《は》いてキャンバスに集中している姿は清潔そのものであり、また凜々《りり》しくもあった。

「新入生君」

高校に入学して三ヶ月ほどが過ぎたある日、部室の片隅で鉛筆デッサンの真似事のようなことをしていた僕に、美津子は振り返りながらそう声をかけてきた。

「はい」と僕は応《こた》えた。

「私の画《え》って駄目だと思わない？」と言って美津子はフーッと大きな溜息《ためいき》をついた。

「どうしてですか」と僕は緊張しながら訊いた。美術や絵とはほとんど一八〇度反対の場所で生きてきた僕にとって美津子の描くデッサンや油絵は、評価することもためらうほどに完成されて見えた。少なくともそれが高校生のレベルを遥《はる》かに超えたものであるだろうことは容易に想像できた。

「君の描く画の方がよっぽど面白い」

「僕の画、見たことあるんですか？」

「あるもなにも、毎日君の画を見るのが今の私と桶川《おけがわ》先生の最高の楽しみなのよ」

桶川は美術部の顧問で、プロの画家でもあった。

「大笑いよ、先生と二人で。君が帰った後、君のスケッチブックを盗み見ながら。何よあの〝今はなきヒューズのために〟っていう水彩画。へんてこな白い鳥が、目玉を飛び出させながら噴水みたいに血を吐いている画。だいたい何で鳥が二重瞼《ふたえまぶた》なの？」

「それは……」

「それに、〝ただ庭を這《は》い回るだけの蟻たち〟や〝ご覧のように膨張しつつある星空〟。何がご覧のように、よ。大きなお世話。へたくそな漫画みたいな画なのに題名はすごく立派というか笑えるというか、とにかく君の描く画はとても面白いわ。だいたい膨張していく星空に何で自転車が飛んでいるのよ。しかも、横からじゃなくて後ろから捉《とら》えた自転車の画。ずいぶん色々な画を見てきたしその中には自転車もたびたび登場したけれど、真後ろから自転車を描いた画ははじめて見たわ。君のやったことはもしかしたら人類初の試みかも」

僕は美人である上に頭がいいと評判の石原先輩に作品評をぽんぽんとたたみかけられて、緊張のあまり立ちすくんでいた。だいたい僕が描いた画は落書きみたいなもので、決して他人に見せるつもりで描いたものではなかったし、まさか見られているとも思っていなかった。

「ねえ山崎君」

「はい」

「狸小路の千秋庵《あん》にとてもおいしいソフトクリームがあるんだけど、これから一緒に食べに行かない？」

「でも画は？」

「もう画なんか本当のこと言うとどうでもいいの。描きたくないの」

「どうしてですか？」

「才能がないから」

「はあ？」

「それより行くの、行かないの？　女性が誘っているのよ。そんな時、男ははっきりとした。


た返事をするものよ」

「はい」

「じゃあ、玄関で待っていて。私も筆を洗ったらすぐに行くから」

僕は美津子と学校の玄関で落ち合い、それから路面電車に乗って札幌市の繁華街へと出た。

すすき野駅に電車が着くと「ここから歩いて行こう」と美津子は言った。電車から降りて歩道を歩き始めた時、驚いたことに美津子がいきなり手をつないできた。たったそれだけのことで、顔がカーッと熱くなった。

「どうしたの?」と美津子は心配そうに僕の顔を覗《のぞ》きこむように言った。

「いや、別に」

「だって、男の子と女の子が街を歩く時は手ぐらいつなぐものでしょう」

僕は高校一年生で美津子先輩は高校二年生なのだ。その二人が手をつないで歩くのは、むしろ自然なことなのかもしれない、と僕は必死に自分を説得した。

美津子の手は温かく柔らかかった。僕の手は緊張と興奮で汗ばみ、そのことに気がつかれないようにと心配ばかりしながら街を歩いていた。

千秋庵の中にある喫茶店で美津子はソフトクリームをふたつ注文した。

「君、可愛いね」と美津子は赤い舌で美味《おい》しそうにソフトクリームを舐《な》めながら言った。

「手をつないだだけで耳まで真っ赤になっちゃうんだもん。はじめて？　女の子と手をつないだのは」

「はい。はじめてです」と僕が言うと美津子は「キャーッ」と小さな奇声を上げて笑い転げた。

「じゃあ、一生覚えておいてね。生まれてはじめて手をつないだ女性のことを。忘れないのよ」

「はい」

「約束よ。私も君のことは忘れないからね」

12

そう、その通り、僕は三十三歳になった今でもその約束を守っている。すすき野から千秋庵へと歩いた道の風景や、頬に当たる札幌の清らかな風の感触すら忘れてはいない。先輩の柔らかな手の温《ぬく》もりを確かめるように、おそるおそる握り返した手。そこに自分の意志があると伝わることが怖かった。僕が軽く握ると、同じくらいの軽さで美津子も僕の手を握り返してくれた。その瞬間の喜びも僕は忘れてはいない。

もう何杯目なのかわからなかった。僕は新しいギネスをカウンターの中のバーテンダーに頼んだ。僕の横では、背広姿の中年サラリーマンがウイスキーグラスを片手に気持ちよさそうに船を漕《こ》いでいる。僕よりも十歳くらい歳上に見える。その彼は、周囲の若者たちがあげる波のようなざわめきから完全に孤立しながら、それでも幸せそうに夢と現実の狭《はざ》間《ま》を漂っているようだった。

立てかけられたボトルの間に挟まるように一台の置時計が見え、その時計は午前零時三十分を指し示していた。きっと彼にとって何もいいことがなかった一日だったのかもしれない。だから、一人カウンターに座りウイスキーを呷《あお》り続け、飲むことにさえ疲れ果てて眠ってしまったのだろう。しかし、酒場はいつも心地よい無関心を装いながら、彼を迎え入れ、そして僕も受け入れてくれている。もし、この世界を凝縮した場所が酒場なのだとしたら、我々はそこにいる人間たちから十分に孤立していた。しかし、それはそれでいいのではないかと、彼の姿を見ながらふと思う。

船を漕ぎ続けるサラリーマンを視野の端に入れながら、僕は新しいギネスをゴクゴクと音をたてながら一気に飲み干し、そしてさらに次の一杯を注文した。

札幌の中央を流れる豊平川《とよひらがわ》に面した場所に建つ僕の高校は、大学のように自由で開放的な校風だった。屋上からは豊平川の大らかな流れが一望でき、晴れた日には遠くに恵庭岳《えにわだけ》が見渡せた。僕はそこが気に入って休み時間にはいつも寝転がって、その風景を眺めていた。三年生たちが時々現れて、僕と同じ方角を眺めながら退屈そうに煙草を吹かしていた。

開放的な校風で有名な高校だったが、僕が入学した頃になると制服や髪型や通学方法こそ自由であっても、それ以上のものを感じることができなくなっていた。二年前、本当に開放的だったこの高校は自由であるがゆえに学生運動が盛んで、期末試験を全廃しろという法外な要求を学校側につきつけ、最終的にはバリケードを組んで校長を軟禁するという事態にまで発展してしまったのである。その結果、機動隊が突入し、多くの逮捕者が出た。全国で機動隊が突入したただひとつの高校として、一躍名を馳《は》せたのである。

だから僕が入学した時は、その反動で、生徒を抑えつけることに教師が躍起になっていた時代だった。全国から選《え》りすぐりの武闘派の教師たちが集められ、学校の隅々にまで目を光らせていた。ところどころ自由は失ってしまったが、それでもところどころに自由はまだ存在していた。剝《は》がし尽された校舎の床のピータイル同様に、不規則でまだら模様の自由が点在しているような状況だった。

ある日の放課後、僕が美術室に顔を出すと美津子先輩がキャンバスに向かって向日葵《ひまわり》の油絵を描いていた。僕は教室の後ろの方に座り、スケッチブックを広げて蟻のデッサンを始めた。

美術部顧問の桶川から、秋の展覧会用に油絵を一枚描くように言われ、〃ただ庭を這《は》い回るだけの蟻たち〃を指定されたのである。

八時を回り、石膏《せっこう》デッサンに取り組んでいた何人かが帰り、教室には僕と美津子しか残っていなかった。

「山崎君」と僕は美津子に呼ばれた。

「はい」

「こっちへ来て」

僕はキャンバスに向かったままの美津子の後ろに立った。

「この間は楽しかったわ。君、可愛いんだもん。すぐ顔が真っ赤になるし手に汗はかくし」

「すみません」

「謝ることとなんかないわ」と言って美津子ははじめてこちらを振り向いた。その表情はずいぶんと疲れて見えた。

「この画《え》、どう?」

「いいと思います」

「どこが?」

「色が」

「いいと思います、か。君は正直だなあ。少しも誉め言葉になっていないんだもん。私も全然気に入っていないの。キャンバスに向かっている時間だけはやたらに長いんだけど、最近どうしてもうまく画に集中できない。ただここにいて、ペトロールの匂いをかいでいるとちょっとホッとできるから、だからそうしているって感じなんだ」

クラスでただ一人、仲が良くなった森本俊介《しゅんすけ》はなぜか大変な情報通で校内のことを隅から隅までよく知っており、色々なことを僕に教えてくれた。石原美津子は校内一の美女であり、また才媛《さいえん》の誉れ高いこと。一年生にして、道展と言われる北海道庁主催の展覧会で油絵の特選に選ばれたこと。東京芸術大学の油絵科を目指していて、この学校からそこに入ることができた生徒は過去もいなかったし、彼女を除いてこれから先何年も現れないだろうと噂されていることなどをだ。

しかもこんなことまで森本は知っていた。三年生に堀内という彼氏がいて、親も認める公認の仲で、彼は東大法学部を来年受験し、合格は間違いないと言われている。堀内の親は有力な道議会議員で衆議院への鞍替え《くらがえ》を目指している。要するに誰も近づけないような存在のカップルであること。

「でもな」と森本は声を潜めて続けた。

「美術の桶川とできているという噂も根強いらしい。彼女が産婦人科から出てくるところを目撃したやつがいて、その病院の近くを桶川がうろついていたというんだ」

僕は美津子の後ろに立って絵筆を運ぶ姿を眺めていた。北海道の大地に大きくて力強い向日葵の大群が咲き乱れている百号にもなる風景画だった。緑色の葉や茎が、大きな花を重たそうに支えながら微風《そよかぜ》に揺れている光景が鮮やかに描き出されていた。見ている人間にも乾いた風の気配を感じさせるような画だった。

「風が吹いていています」と僕は言った。

「あら」と言って美津子は振り向いて僕を見た。その瞳《ひとみ》が嬉《うれ》しそうにキラキラと輝いていた。

美津子は立ち上がり、僕を抱きしめた。

そして「ありがとう」と言った。

そう言いながら美津子は、急に泣き出してしまった。

僕は突然のことにどうしていいかわからず、とりあえず美津子の背中を撫《な》でた。それ以外のことは何も思いつかなかったからである。ただ腕の中にある美津子の胸のふくらみや柔らかさ、そして髪の毛から漂うほのかなリンスの香りに胸がときめいた。

「山崎君」

「はい」

「君の心臓の音が聞こえるよ。凄《すご》いスピード」

「はあ」

「ごめんね、急に泣いたりしちゃって。私、最近どうかしているの」

「疲れているんじゃないですか」

「そう。そうかもね」

「疲れた時は休むのが一番です」

「そうね。でも今はそうもいかないの」

「そうですか」

「山崎君、君、童貞でしょう？」

「はい」

「それはそうよね、手をつないだこともなかったんだもの。君、童貞のくせに私を慰めているつもり？」

「すみません」

「男はそんなに簡単に謝らないものよ。君の悪い口癖」

「気をつけます」

「キスしようか」

「えっ？」

そう言った瞬間、僕の口が美津子の唇で塞《ふさ》がれていた。それはずいぶん長い時間に感じられた。僕は息苦しさと心地よさと、その両方の感覚を一度に感じて心臓がますますスピードを上げているのが自分でもわかった。

「君、女性の性器を見たことある？」と美津子が言った。唇が唾液《だえき》でなまめかしく光っている。

「ありません」と僕は答えた。

「見たい？」

「はあ」

「私の性器を見せてあげようか？」

「えっ、どうしてですか」

「どうしてって、どうしてかなあ。君が可愛いから、そして私の画を見てちゃんと感じてくれたから。そのお礼かな。君が女性の性器をまだ一度も見たことがなくて、そして私のを見たいんだったら。見たい？」

「はい」

「じゃあ、明日の朝七時にこの部屋に来て。いい？」

13

美津子との約束通り、僕は翌日の朝七時ちょうどに美術室に入った。しかし、五分過ぎても、十分過ぎても美津子は現れなかった。

からかわれたんだな、と僕は情けない気分で人気のない美術室にたたずんでいた。

すると、ガラッと大きな音を立てて背後の扉が開いた。

振り返ると美津子が怒ったような顔をして立っていた。

グリーンを基調にした膝上《ひざうえ》くらいの丈のチェックのスカートを穿《は》き、きれいにアイロンがけされた白いコットンのブラウスを着ていた。

美津子は何も言わずにつかつかと窓際の方へと歩いていった。窓にはレースのカーテンが引かれていて、その逆光の中に美津子は立つと、少し上半身をかがめるようにしてパンティを両手でするすると下ろし始めた。僕は何も言わずにただその動作に見とれていた。

白いパンティを足首のところまで脱ぐと、美津子は真っ直ぐに僕に向かって立った。

そして、少しだけ両脚を広げた。

そのままの姿勢で強張《こわば》った表情で美津子は僕の目を見ていた。

逆光の中で、足首までパンティを下ろし、グリーンのチェックのスカートを穿いたまま真っ直ぐに立つ美津子先輩。それは何とも言えず、官能的で美しい光景だった。

「椅子を持ってこっちの部屋に来て」と美津子は言うと、脱ぎ捨てたパンティを右手で拾い上げて画材置き場になっている美術室の横にある小さな部屋に入っていった。

僕は言われた通りに木の椅子を一脚持ってその後を追った。

「そこに椅子を置いて」と美津子は窓際の小さなスペースを指差した。

僕が椅子を置くと美津子はその上に浅く腰かけた。

「山崎君？」と美津子は優しい声で僕に言った。

「はい」

「もっと近くに来て」

椅子に座った美津子の体が逆光の中にあった。朝の光を浴びて髪の毛が輝いている。おそらく僕はその時はじめて女性の肉体を美しいと感じたのかもしれない。光の中に座る美津子のシルエットに僕は見とれていた。グリーンのスカートの中には性器を包みこむ下着も穿いていないのだ。僕は息を飲むような思いでその姿を眺めていた。

「近くへいらっしゃい」と美津子が再度促し、僕はにじりよるように近づいた。

「見たいんでしょう？」

美津子はじっと僕の目を覗《のぞ》きこむように、そう言った。僕は答えに窮していた。見たいと言えば見たい、だけどこれだけで十分だと思えばそう思えなくもなかった。正直言って、この先に起こることが怖いという気持ちもあった。

美津子はためらう僕を見透かすような小さな笑顔を作った。そしてゆっくりと左側の脚を椅子の肘掛《ひじかけ》の上に載せた。陶器のように真っ白な左脚の股《もも》の内側に、青い静脈が幾筋も走っていた。

「もう一歩近くに来て」という美津子の声で魔法にかかったように僕は、手を伸ばせば届くところまで近づいた。

いつもは白く美しい美津子の顔が、少しだけ赤みを帯びているように見えた。

「さあ。見せてあげる」と言って美津子は右脚を肘掛の上に載せた。

大きく脚を開いた瞬間にスカートが腹の方へとまくれ上がった。大きく伸びた青白い太股が見え、そしてその中心に今まで一度も見たことのない神秘的な風景があった。

「不思議な眺めでしょう」と美津子は言った。

僕はそれに答えるかわりに生唾《なまつば》をごくりと飲みこんだ。

「右手を出して」

「はい」

「そう、指をそこに添えて」

僕の指は緊張で小刻みに震えていた。美津子の膝もおそらくは緊張のためにガクガクと揺れていた。

「そこを開いてごらん」

「えっ?」

「親指と人差し指を添えて、そして左右に開くのよ」

僕は言われた通りに指を動かした。

開いた指の間には、皮膚とはあきらかに違う質感と色合いの粘膜があった。僕はそこに触れてみたい衝動に駆られ、そのことを美津子に告げた。

「優しくね」と美津子は言った。

僕は言われた通りに、優しくそこに触れた。その瞬間、「あっ」と小さな声を上げてピクンと美津子の腰が動いた。

そこは柔らかく湿っていた。僕の指をどこまでも受け入れそうな、底無し沼のような奥行きを感じさせた。

「今、君が触っているところが膣口《ちっこう》よ。そしてその上の方にあるのがクリトリス」

僕は人差し指の位置を少し上げ、クリトリスに触れた。

「あっ」と美津子が甘い声を上げた。それと同時に膣がきゅっと収縮するような動きをした。まるで美津子とは別の生き物がそこにいるような感じがした。

僕は人差し指を膣の方へと戻した。湿り気が増して、そこはさっき触れた時よりも柔らかくなっているような気がした。

「いい？」と言って美津子は右手を僕の手に添えた。そして、僕の中指をどんどん自分の膣の中へと導いていった。

「どう？」

「柔らかいです」

そう言った瞬間に、美津子の下半身がびくっと動いた。

「そこにね、君のペニスを入れるの。それがセックスよ」と美津子は言った。

「でもね、それは君に大好きな人ができたらその時にしてもらいなさい」

「はい」

「ようし、いい子だ」

そう言うと美津子は左脚を肘掛の上から下ろした。そして僕の中指を包みこむようにして、手のひらでぬぐった。そして立ち上がるとパンティを器用に穿いた。

「感想は？」

「わかりません」

「何か言って」

「色が鮮やかで柔らかくてヌメヌメしていて」

「まあ、いやらしい。私、君のことは本当に大好きよ。それは忘れないでね」

「どうして先輩は、すぐに忘れないでと、そればかり言うんですか」

「だって君、忘れちゃいそうだもの」

「忘れません」

「生まれてはじめて見た女性器だものね」

「はい」

僕がそう言うと美津子は唇を僕の唇に重ねてきた。

そして、こう言った。

「これから先、どんなことがあっても頑張るのよ。女の子を大切にする優しくて恰好《かっこ》いい男になるのよ。大丈夫、山崎君。君なら間違いなくなれるわ」

僕ははじめて性器を見た興奮と衝撃で膝がガクガク震えていた。しかも校内一の美人の性器をである。その興奮に加えて、美津子の優しい言葉にわけもなく目頭が熱くなった。僕はその言葉に黙って大きくうなずくことしかできなかった。

何かを言えば、涙が零《こぼ》れてしまうような気がしたからだった。

それからわずか一週間後のことである。あの機動隊突入の日以来の、学校全体を揺るがすような大きな事件が起こった。

朝、学校に行くと数台のパトカーと救急車が玄関に横付けされ、ただならぬ気配がした。

教室に入ると森本が興奮して僕の席に近づいてきた。

「桶川が刺されたらしい」

「えっ？」

「美術室で」

「誰に？」

「わからない。けど、堀内がやったという噂なんだ。美術室は血の海で、桶川はさっき救急車に乗せられて搬送された。それとな、俺、朝登校する途中でとんでもないものを目撃しちゃった。高校生がダンプカーに轢《ひ》かれて、即死」

「高校生って、男、女？」

「男。しかも私服」

「うちの学校か？」

「たぶんな。ダンプカーが頭をぐちゃぐちゃに踏み潰《つぶ》していってな、その車輪の跡が凄《すご》いんだ。脳と黒ずんだ血と、そして車輪の通った後に髪の毛がアスファルトの上に芝生みたいに生えていて。俺、思い出しただけで吐きそうだ。悪夢だよ」

　それは、堀内の遺体だった。

　間もなく三年C組の堀内の机の中から遺書が見つかった。そこに、桶川を殺して自分も死ぬというようなことが殴り書きされていたらしい。堀内は美術教員室の前で桶川を待ち伏せしてめった刺しにし、その足で学校の近くを走る国道でダンプカーに頭から飛びこんだのだった。

事件はそれだけではなかった。

美術室からペインティングナイフを深々と左手の手首に突き刺して倒れている美津子が見つかった。目撃した生徒によると傷は相当に深く、ほとんど手首がちぎれてぶら下がっているように見えたという。美津子の顔にも何ヵ所かペインティングナイフで切りつけた傷があり、緑色や黄色の油絵具と血の赤が入り混じって凄《すさ》まじい形相になっていたのだという。

桶川が刺され、そして堀内の死を知った美津子が美術室の横にある画材置き場に入りこみ、自殺を図ったのだった。美津子は他の画に血飛沫《ちしぶき》が飛び散らないように、自分の百号の画《え》を立てかけその前で手首を切ったのである。

向日葵《ひまわり》の画の抜けるように美しかった青空は、美津子の血によって夕陽のように赤く染まっていたらしい。

僕はその話を聞きながらなぜかヒューズのことを思い浮かべていた。僕の手のひらの中でわずかな血を苦しげに吐き、なす術《すべ》もなく死んでいったヒューズ。それから美津子のぬらぬらと妖《あや》しく光る性器が頭をよぎった。

「これから先、どんなことがあっても頑張るのよ。女の子を大切にする優しくて恰好いい男になるのよ」

僕はそれからしばらくの間、屋上の気に入った場所に一人で座って豊平川とその川縁《かわべり》に茂る豊かな緑を眺めながら、何度も何度も美津子の言葉を思い返した。何とかして美津子の入院先を調べあげ、見舞いに行こうとしたが、どうしても知ることができないまま時間だけが過ぎていった。

やがて石原美津子の一家は東京に引越したということを担任から聞かされた。引越し先は学校にもどこにも知らされていないということだった。美津子は一命を取り留めたものの、ショックから精神を病み、しばらくは加療が必要で東京の病院に入院したが、その病院名も当然のことながらどこにも知らされることはなかった。

桶川は入院して一ヶ月後に死に、高校の美術部は活動停止となった。堀内の父親は道議会議員を辞職し、衆議院選に立候補することもなかった。僕は途中まで描いていた〝ただ庭を這《は》い回るだけの蟻たち〟の制作をやめて、レッド・ツェッペリンのレコードばかりを聴いて毎日を過ごすようになっていった。

a.b. 2

I

負に立ち向かおうとする何かの力を僕は強く感じていた。

ヒロミ、ヒューズ、そして美津子。もしかしたらデパートの屋上で出会った中川宏美という女性もそうなのかもしれない。

手の中で死に、あるいは消滅し、消息不明となった者たちが、今も何らかの形で僕に力を与え続けていることを感じていた。

それらは、まるでアジアンタムブルーに対抗するために満遍なく体中に吹きつけられる霧吹きの水のように、確実に活力を与えてくれているように僕には思えた。

「生きるのよ」と今は失われてしまった誰もが僕にそう囁《ささや》いていた。

「とにかく、今は何も考えずに一日一日を生き延びていくのだ」と。

雨が降り始めていた。

僕はいったい何杯のギネスを、あの樽《たる》からこの自分の体へと移動させたのかと考えた。

そして、理性的といえるような思考はそこまでが限界だった。雨の降る吉祥寺の街をどの方角へ向かってどのように歩いたのかも定かではなかった。

気がつくと僕は住宅地にある小さな公園の片隅の水飲み場にいた。そこで吐いていた。吐いても吐いても、体の奥底からこみあげてくる嘔吐《おうと》とそれにともなう痙攣《けいれん》に、僕は電気ショックを浴びせられたようにのたうちまわっていた。ビア樽から移された黒ビールは、すべて公園のどこかに吐き散らし、僕のビア樽としての機能は停止していた。それでも次々と新しい嘔吐が容赦なく襲ってきた。まるでゼンマイ仕掛けの玩具《おもちゃ》のように、胃がヒクヒクと体の中で痙攣を続けていた。もう吐くものなんか何もなかった。胃液とよだれを吐き続けるしかなかった。それでも誰かがゼンマイを巻き上げ、僕の内臓のすべてを引っ張りだそうとしているようだった。

巻く余地のないゼンマイを巻き上げ続けるような日々。

雨で全身がびしょ濡《ぬ》れになっていた。

それも、どうでもよかった。何もかもがあきれるくらいにどうでもよかった。

人間はたいした考えもなく万引きをし、文鳥を踏み潰《つぶ》し、ペインティングナイフで手首を切りつけ、アスファルトに髪の毛の芝生を植えこみ、そしていつかは白い布に包まれてスープのように裏漉《うらご》しされてこの世から消えていくのだ。

だから何だというのだろう。

再び、胃が激しく痙攣する。僕は公園の地面に土下座するような恰好《かっこう》で座りこみ、胃液しか出てこない嘔吐を繰り返した。

惨めだった。

葉子を失った悲しみから派生するありとあらゆる負の感情が、やがてたった一ヵ所の排水溝に集まっていく水のように僕の体のどこかに集まり、しかしそれはそれ以上どこにも行き場がなく、僕を苦しめた。

それを吐き出すために、僕は祈りを捧《ささ》げるような恰好で地面にしがみつき、体から絞り出そうともがいていた。

悲しかったし、そして惨めだった。

唾液《だえき》と涙で顔は濡れていた。雨が降っていてよかったな、と僕は思った。

空を見上げると小粒の雨が顔に降り注いでくる。星も月も何も見えない黒ビールのような漆黒の空だった。

2

「面白い子がいるのよ」

ユーカが撮影の合間を縫って僕に話しかけてきたのは、一九八七年の十二月のことだった。その日は六本木のラブホテルの一室を借りて、「女王ユーカの優雅な日々」の三ヶ月分の撮りだめをしていた。

ユーカは三十歳になるSMの女王で、「月刊エレクト」のカラーグラビアでも常に人気の上位を保っていた。いやらしいというよりも、どちらかというと緊迫した場面でもつい顔を出してしまう育ちの良さやとぼけた感じが受けていた。どんなに怖い顔をしてユーカが鞭《むち》を振っても、どこかユーモラスなのである。

もちろん女王だから黒い仮面をつけてブーツを履いて、縛り付けられた男優にビシビシとみみず腫《ば》れができるまで鞭を打ちつけたりするのだが、グラビア写真よりもその後にある「ユーカの今月の独りごと」のコーナーが人気を博していた。

一般公募で応募してきたサラリーマンや学校教師といった愛好家の頭を容赦なくヒールで踏んづけ、ユーカは言うのである。

「ユーカ様に踏んづけられた男で出世しなかった男は一人もいない。復唱なさい」

「ユーカ様に踏んづけられた男で出世しなかった男は一人もいない」と男は苦痛に顔を歪《ゆが》め、それでも恍惚《こうこつ》とした表情を見せる。ユーカはそれを見て、嬉《うれ》しそうにヒールの先をグイグイと頭にねじこむようにくいこませながら続ける。

「だから、私も明日から頑張って、いつかはユーカ様に恩返しをします」

「だから、私も明日から頑張って……」

言いよどんだ瞬間、素っ裸で犬のように這《は》う男の臀部《でんぶ》にビュッという空気を切り裂くような唸《うな》りを上げて、ユーカの革鞭が飛ぶ。

「ああ」と四十歳過ぎの営業課長はよだれをだらだらと垂らしながら身悶《みもだ》える。その姿を見て、ユーカは黒いブラジャーを自分で引き千切るように取り払い、顔を真っ赤に紅潮させてまた鞭を打ち下ろす。鞭は男の股《また》の間に巻きこむように打ち下ろされ、それが肛門《こうもん》や睾丸《こうがん》を直撃し、男は目を白黒させながら悶絶《もんぜつ》する。

「さあ、続けて」とユーカ。

「だから、私も明日から頑張って、いつかはユーカ様に恩返しをします」

「売って売って売りまくるぞー」

「売って売って売りまくるぞー」

「今日はいいねえ」とそんな光景を部屋の片隅で見つめながら風俗ライターの高木は僕に言った。

「白熱してるなあ」と僕。

「ああ、ノリノリだ」

「しかし、これじゃあSMというより営業の新人研修みたいだなあ」

「ほんまやなあ」と高木は気が向いた時にだけ使う関西弁でそう言って笑った。そして

「新興宗教の勧誘の研修のようでもある」と続けた。

「まあ、しかしそれが受けているわけで」

「彼女はお疲れ気味のサラリーマンたちのカリスマみたいなもんだからなあ、今や」

「先月の記事も笑っちゃいましたよ。〝鞭を下さい、やる気を下さい〟。高木さんはうまいよ」

高木は僕より二歳上で、風俗ライターとしてはベテランだった。「月刊エレクト」の抱えているライター陣の中では、抜群の筆力と洞察力を持ち、控え目な人間性も含めて僕が最も信頼している風俗記者であり飲み友達でもあった。高木は、この業界の後輩であり歳下でもある僕をいつも山崎さん、とさん付けで呼んだ。しかし、二人で飲み、酔いが回った時だけは、山崎になった。山崎さんから山崎になった時の時間が僕は好きだった。

一本目の撮影が終わり、僕はユーカと高木の三人で休憩のためホテルの近くの喫茶店に入った。

「しかし、こうして見るとユーカさんはどう見たって令嬢にしか見えない」と僕がそう言うと、モスグリーンのワンピースに着替えたユーカは少し照れたようにはにかんで見せた。

そして「元令嬢でしょ」と言った。

「その落差が魅力なのさ」と高木が煙草を吹かしながら言った。

「さっきの話だけれど、面白い子ってモデルのこと？」

「いや、そうじゃなくて、カメラ」

「カメラマン？」

「うん。女の子なんだけど、私の知り合いの知り合い。この間、若いカメラマンたちが新橋でグループ展を開くから見に行ってやってくれって頼まれて行ったのよ。そしたら、なかなか面白い写真が並んでいてね」

「人物？」

「人物も風景もあったんだけど、その中に一人、面白い写真を撮る女の子がいたのよ」

「どんな写真？」

「水溜《みずたま》り。日本の風景がほとんどなんだけれど、彼女が旅した街や田舎の道路で見つけた水溜りばかりを写しているのよ」

「水溜り？」と僕よりも早くその言葉に反応したのは高木だった。

「そう、水溜り」とユーカはハンドバッグからメンソールの煙草を取り出して、それに火を点《つ》け、煙を吐き出しながら言った。

「水溜りに映った青空や、木や山や建物や子供たち。それに何も映し出されていない、本当にただの水溜り」

「へえー」と僕は思わず声を上げた。

「不思議でしょう」

「それが見ていて飽きないのよ。興味があるなら紹介するわよ。たまたまその子が会場にいたから会ったんだけど、なかなか素敵なお嬢さんだったわよ」

「ふーん」

「私、彼女に何となくエロ写真を撮らせてみたらどうかなって思ったのよ」

「エロ写真？」

「そうそう。そうしたら彼女の中にある硬い部分が少し変わってくるんじゃないかって気がするの。それにこの業界、水溜りを写しているようなもんじゃない」

「女のあそこか？」と高木が言った。

「バカ、そうじゃないわよ」とユーカは鼻を膨らませて高木を睨《にら》んだ。そして続けた。

「この業界というのはね、水溜りのようなもんじゃない。ある意味ではまったく架空の世界を演じているわけでしょう。だけど、完全なフィクションでもない。つまり、実像があってそれを映し出している水溜りのようなものがエロ写真という気がするの」

「なるほど」と高木。

「何がなるほど？」

「なるほど、ユーカさんは相変わらず理屈っぽい」と高木は笑った。

「哲学的って言ってくれる？」

「はいはい、女王様」

「はいはいじゃなくて、ハハアでしょ」

「ハハア、女王様」

「ねえ、山崎さん。どう？　一度食事でもしてみない。私も興味があるの」

「ええ、もちろん」と僕は言った。「女性に食事に誘われて断る理由なんか、そんなにはありませんよね」

「じゃあ、決まり。高木、あんたも来る」

「もちろん、女王様が来いとおっしゃるのでしたらどこへでも参ります」

「よーし。じゃあ頑張るかあ、撮影」

「次は四十五歳の学校教師です」と僕が言うと「ハハ」とユーカは乾いた笑い声を上げた。

「先公か。そりゃ燃えるというか燃えざるを得ないわ。ガンガン頭を踏んづけてやろうじゃないの」

「よろしくお願いします」

ユーカと高木と僕の三人は喫茶店を出て、次の応募者が待つラブホテルへと引き返した。

人間の身体の中でいえば土踏まずのような人だな、というのが僕がはじめて葉子を見た時の感想だった。直感的にそう思っただけで、それを理論的に説明することは難しい。彼女が持っている、あるいは強く意識している世界との距離感のようなものが、僕にそういう直感をもたらしたのかもしれない。足の裏で地べたを踏みしめたとしても、必ずそこだけは地面と少し隙間があって決して汚れることのないだろう場所、それが僕が葉子に抱いた第一印象だった。

そして、僕が抱いたその第一印象はその後何年付き合っても、大きくはずれていくことはなかった。

どんなに激しいセックスをしようとも、彼女が僕のペニスを口の中に咥《くわ》えようとも、地面が土踏まずを汚すことができないように僕も決して葉子を汚すことはできなかった。

その感覚こそが僕の彼女に対する敬意であり、恋そのものだったような気がする。

3

ユーカと高木と葉子と僕の四人は新宿駅中央口を出てすぐの喫茶店で待ち合わせた。

一九八八年三月のことだ。

新宿駅の中央改札口を出て、喫茶店に向かう路上で、僕は一人の女の子を見かけた。彼女は緑色のダッフルコートを着こみ、大きな革のバッグを肩からぶら下げて、ものめずらしそうにあちらこちら物見をしながら歩いていた。なぜかわからないが、その姿を見た瞬間に、彼女が続木《つづき》葉子であることを僕は直感し、確信した。

彼女は僕たちが待ち合わせている喫茶店の方角へと、建ち並ぶビルをキョロキョロと見上げながら歩いていた。僕も何メートルか後ろから、その姿を眺めながら歩いた。やがて彼女は喫茶店を見つけ、階段を上がり、僕もすぐその後に同じ階段を上がっていったのだった。

一通りの簡単な自己紹介をすませると、ユーカと高木と僕とで当たり障りのない世間話を少しした。ユーカの住むマンションの隣の部屋が一億五千万で売れたとか、高木が二百万で買った株をわずか三ヶ月後に八百万で売ったとかである。日本中の喫茶店で、そんな話が果てることもなく繰り広げられていた年だった。その頃、僕が住んでいた新宿中央公園近くのマンションも、全体を買い占めようとする業者と少しでも値がつり上がるのを待とうとする住民の間で小競り合いが絶えなかった。

そんな話にまったく興味を示さずに、葉子はアイスレモンティーを飲んでいた。

「アルバム持ってきた?」とバブル話が一段落したところで、ユーカが葉子に言った。

「はい」と言って葉子はうなずいたものの、照れたようにもじもじと動きを止めてしまった。

「どうしたの?」

「いえ」

「持ってきてくれたんでしょう」

「はい」

「じゃあ見せて」

ユーカがそう促すと葉子は顔を赤らめてしまう。

「恥ずかしいの?」とユーカは優しく訊《き》いた。

「あっ、はい」と葉子は答えた。

自分の撮った風景写真を見せるのが恥ずかしいという葉子に、僕は不思議な感覚と同時に小さな共感を覚えた。それだけで、彼女が何を思いどんな気持ちで一枚一枚の写真を撮っているのかが垣間《かいま》見《み》えるような気がした。

「あなた二十七歳なんでしょう?」

「はい」

「だったらもっと、しっかりなさいよ。もう子供じゃないんだから」

ユーカがそう言うと葉子は小動物が自分の巣穴に潜りこむように、ますます大人しくなってしまった。しかし、外界に興味はあるらしく、その穴から必死にこちらを窺《うかが》っている、そんな様子だった。

確かにユーカが言う通り、僕の目の前に座っている二人の女性がわずか三歳違いという感じはまったくといっていいほどしなかった。歳の離れた姉と妹、下手をすれば親子のようにに見えないこともなかった。それは見た目の問題ではなく、そう感じさせるものが二人にあるのだ。人間の歳なんてまったくいい加減だし不思議なものだな、と僕は二人を交互に見比べながら考えていた。

葉子は眠りから覚めたばかりのコアラのようなゆっくりとした動作で、バッグを開くと大きなアルバムをその中から取り出し、テーブルの上に置いてまた俯《うつむ》いてしまった。

僕はそのページを繰ってみて驚いた。めくってもめくっても、水溜《みずたま》りの写真ばかりが出てくるのである。

水溜りの中に映る高層ビル群、水溜りの中に揺れているように存在する森、水溜りを輪になって覗《のぞ》きこんでいる幼稚園児たちの笑顔、水溜りの中に映る別れを惜しみキスをするカップル、水溜りの中を飛んでいく数え切れないほどの渡り鳥の大群。

そのどれもが強いメッセージを感じさせた。そして雨上がりの街や路地にできる小さな水溜りがこんなにも様々なことを能弁に映し出し、語っていることに僕は驚いた。

例えば夜の歌舞伎町《かぶきちょう》の水溜りには、黒く光るアスファルトの上におびただしい原色のネオンが反射されていた。水溜りに映るネオンの洪水を写し出したその写真は、直接歌舞伎町のネオンを写すことでは表現できない、様々なことを僕に語りかけてきているように思えた。人間の欲望の深さと強さ、そして儚《はかな》さ。夜の闇に浮かび上がる人間の営みのあやふやさや脆《もろ》さ。

「いいなあ」と高木が唸《うな》った。

僕は彼女の写真に圧倒されて何も言葉を吐くことができなかった。目は写真に釘付《くぎづ》けになっていた。こんな気持ちになったのは何年ぶりのことだろうと思った。

「素敵でしょう」とユーカが言った。

やっとの思いでアルバムから目線を上げると、あんなに恥ずかしそうにしていた葉子が僕の顔を見て悪戯《いたずら》っ子のように目だけで笑っていた。小動物が興味をひくものを見つけて、ひょいと穴から顔を出したような瞬間だった。しかし、その次の瞬間には誰にも気がつかれることなく、彼女の好奇心は完全に穴の中に姿を消してしまっていたのだった。

しかし、僕は気がついた。

その瞬間を見逃さなかった。

それが、恋の始まりだったのだろうか。

そんな恋の始まり方ってあるのだろうか？

4

「面白いと思わない？」

食事をすませて葉子が帰った後、三人で立ち寄った新宿二丁目のバーでユーカは言った。

「写真は文句なく面白い」と高木が水割りを飲みながら言った。

「でもなあ、ＳＭを撮らせるのはどうかなあ。第一、撮れるのかなあ、あんな大人しい性格で」

それには僕も同感だった。結局、葉子は喫茶店でも、その後に入ったレストランでも、ほとんど口をきくことがなかった。ただ、目をキョロキョロさせながら、僕たち三人の会話に耳を傾けているばかりだった。

「ちょっと、厳しいかもね」と僕も水割りを飲みながら素直な感想を述べた。

「うーん」とユーカは唇をきゅっとすぼめて不満気に首をひねった。

「私、彼女にチャンスを与えてみたいのよ」

「でも、エロ雑誌で写真を撮ることが彼女にとってチャンスと言えるのかな」

「うん。逆に人生最大のピンチかもね」と高木が混ぜっ返して笑った。

「大人しいから?」

そうではないと僕は思った。僕たちと一緒の間、ほとんど口をきかなかった彼女ではあったが、決して大人しいという印象だけを僕は受けたわけではなかった。ただ、彼女は何も話す必要がなかっただけなのである。僕らの目の前に広げられたアルバムの中に彼女が言うべきことはすべて語り尽くされている。僕にはそう思えて仕方なかった。

野リスのように自在に巣穴の前に立ち、彼女は自信に満ちてこちらの様子を窺い大きな尻尾《しっぽ》を摑《つか》まれそうな距離になるとくるっと踵《きびす》を返して消えてしまう。そんなことを楽しんでいるようにさえ僕には思えたのである。

「何で、ユーカはそんなにSMの写真を彼女に撮らせてみたいの?」と僕は訊いた。

「うーん」とユーカは煙草を吸いながら小さな唸り声を上げた。

鎖に縛られて、鞭《むち》に打たれて元気が出る人間があんなにいるように、口では説明できないことはいくらでもあるでしょう、とでも言いたげにユーカは小さく首をひねった。

「まあ、でもユーカの気持ちはわからないでもないな。彼女の写真には可能性を感じるし、それに色々なものを撮らせてみたいという気持ちにさせることも確かだ」

僕が言うとユーカの顔が、小さな花が咲いたようにパッと明るくなった。

「まあ、彼女のやる気しだいやな。ここでああだこうだ言ってもしゃあないやろう」と高木が関西弁になった。

「そういうこっちゃな」と僕。

「じゃあ、ええんか?」とユーカ。

「女王様に頼まれてはね」

次の撮影の時にユーカは葉子を呼び、「女王ユーカの優雅な日々」を見学させた。撮影は新宿の高層ホテルのスイートルームで行われた。

その日の葉子は僕がはじめて見た時の印象と、ほとんど変わらなかった。キングサイズのベッドや広すぎるほどのリビングを使っての撮影を、彼女は注意深く距離を取りながら、それでも興味津々に眺めていた。

ビシッとユーカの激しい鞭が振り下ろされると、葉子はビクッと首をすぼめる。しかし、安全な場所からしっかりと成り行きを見守っている。そして間合いを計りながら少しずつ距離を縮めてはまた離れていく。そんなことを、飽きもせずに繰り返しているのである。

SMの撮影にはじめて立ち会った人間はたいてい目の遣《や》り場に困って、離れたところでもじもじとしているものである。しかし、彼女の体は決して撮影の邪魔にならない範囲で忙しく動き回っていた。怖いけど見たい、見たいけれど怖い。そんな気持ちが、葉子の様子を見ていると手に取るようにわかるのである。

それは、考えてみればSMという行為に対するごく一般的な見方であり距離感なのかな、と僕は思った。そうだとすればユーカが言う通り、彼女を使ってみるのは面白いのかもしれない。彼女が示している好奇心が、フィルムの上でどのように表現されていくのだろうか。

「どうだった？」とホテルのロビーの喫茶店で僕は葉子に訊《き》いた。

「面白かったです」

「何が？」

「ユーカさんのお面が」

「他に感想は？」

「撮影ってもっと演技というか、やらせっぽいものかと思っていたんですけど、意外とマジなんですね。凄《すご》い迫力でした」

「今日のサラリーマン氏、大声で泣き出しちゃったもんなあ。情けないよ、大の大人がヒーヒー言って」

「泣きますよ、だってお尻《しり》なんかみみず腫《ば》れで真っ赤になっちゃって。でも、きっと泣きながらも嬉《うれ》しいのよね」

「勃起《ぼっき》していたもんな」

僕がそう言ったとたん、葉子は顔をパッと赤らめて口を閉ざしてしまった。しまったと思った時はもう手遅れで、彼女は巣穴の中に完全に身を隠してしまった。いったん穴に入ってしまうとなかなか出てこようとしなかった。

僕は最近観た映画の話をして、それから音楽やプロ野球や少女漫画や料理や、とにかく思いつくことをどんどん話した。つまり彼女の巣穴の前にどんぐりや松の実やピーナッツを次々と並べていったのである。しかし、僕が置いたどの餌にも葉子は関心を示すことはなく、ただ黙って聞いているだけだった。

「君の水溜《みずたま》り写真を見た時にね」と僕はもう彼女を巣穴から引っ張り出すことはあきらめて独り言のように話し始めた。

「高校時代の先輩のことを思い出したんだ。なぜだろう」

そして僕はある朝、ひとつ歳上の女性の先輩が、美術部の部室で椅子に座り脚を広げて自分の性器を見せてくれた時のことを話した。

「今でも僕はあの日の情景を時々思い出すことがある。そして、僕が今考えるのは、先輩の性器も水溜りのようなものだったんじゃないかということなんだ」

「水溜り？」と葉子は久しぶりに顔を出してくれた。

「そう、性器は確かにそこにあって、もちろん彼女のものなんだけど、実はそこに映っているのは性欲や好奇心や征服欲といった、自分自身の姿なんじゃないかなってね。それは、君が水溜りを通してこの世界を表現していくように、僕はきっと性器に映し出されることによってはじめてはっきりとした自分の輪郭を感じていたんだ」

「自分の輪郭？」

「そう。性欲というのは間違いなく自分の一部で、そうである以上それを切り離して自分が存在しているということはあり得ない。つまりあの時、先輩の性器には、きっと性欲というわかりやすい自分の輪郭が映し出されていたように思えるんだ。存在全体を把握することは難しくても、ひとつの輪郭から全体を想像することはできる」

「勃起した？」

「もちろん」と僕が言うと葉子はくすっと笑った。

「そんなにまわりくどく勃起したんですか？」

「えっ？」

「いや、つまり性器がそこにあるからとか、自分の輪郭とか性欲と自分の存在とか、そういうふうにまわりくどく勃起したの？」

「いや。そんなことはない」

「だから、そういうふうに私の写真を見ないで下さい。私は別に水溜りを通して何かを表現しようとかそんな大それたことを考えているわけじゃなくて、山崎さんが先輩の性器を見て勃起したように、私はそこにある水溜りに勃起しているだけなんですから。凄く単純なんです」

巣穴に逃げこむのは今度は僕の方だった。そして実はそれは中学生くらいからの僕の得意戦法でもあった。

僕が自分の巣穴に逃げこむと葉子も自分の巣穴に入ってしまった。そうやって僕らはおたがいの巣穴の中から顔だけ出して相手の動きを観察するという実に不思議な状況を、新宿の高層ホテルの喫茶店で作り出していたのである。

驚いたことに、僕にはその状況がそんなにつらくはなかった、というより楽しかったと言ってもいいかもしれない。そしてもっと驚いたことに、葉子にとってもその状況はそんなに悪いものではなかったらしいのである。その証拠に二人はその後一時間もほとんど何も話さずに、かといってその場を離れることもせず、おたがいの様子を観察しあっていたのだ。

5

僕と葉子が付き合い始めるまでに、そんなに多くの時間を必要とはしなかった。僕が葉子に付き合ってくれと言ったことはなかったし、彼女からそう言われたこともなかった。強いていえば僕たちには、おたがいの巣穴を観察する必要があったということなのかもしれない。そういう意味では、新宿の高層ホテルの喫茶店の中で二人はすでに付き合い始めていたのだと言えなくもない。

二十七歳になるというのに、葉子は性的に未熟だった。

「あるかないか、微妙な限りの性体験」と本人は笑っていたが、まったくその通りだった。そして、その微妙さを確実なものに変えたのは僕だった。それは僕が望んだことだったし、もちろん葉子本人が望んだことでもあった。

デートは公園や街や郊外の動物園をただぶらぶらと歩き回ることが多かった。二人とも人混みが嫌いだったので、映画館やスポーツ観戦や水族館といったごく当たり前のデートコースには一度も足を踏み入れなかった。

二人ではじめて東北へ旅行に行った時、僕は気がついたことがあった。

葉子がとんでもない鳥音痴だということにである。

「あっ、ウミネコ」と葉子が指差すとそれはたいていカモメだった。「あっ、カモメ」と言った時はほとんどがウミネコだった。葉子はカモメとウミネコの区別はおろか、カモメとアホウドリの見分けもつかないのである。そしてカモメとウミネコに関してはことごとく逆を言ってしまうのである。どうせ間違えるのだから何も言わなければいいのに、鳥を見るととりあえず条件反射のように「あっ、カモメだ」とウミネコを指差し、一緒に遊覧船に乗り合わせた観光客に笑われてしまうのだ。

そのたびに「あれはウミネコだよ」と僕は教えるのだが、葉子は少しも意に介さずに、指差すその先を懸命に目を光らせて追いかけているのだった。

小さな鳥はすべてスズメに集約されていた。大きな公園でたまにシジュウカラやメジロを見かけると「見て見て、きれいなスズメがいる」と嬉しそうに言うのである。スズメの色をしていない小さな鳥はだいたいが「きれいなスズメ」なのだ。

鷺《さぎ》を見ると鶴と言い、鶴を見るとトキと言った。そしてトキは見たことがないけれど、見ればきっと鶴と言ったはずで、では鷺はどうしたのかというと、鷺という名前の鳥が存在していることは知らないか、まったく関心がないかのどちらかなのである。鷲《わし》系の鳥は鷹《たか》であろうがコンドルだろうが鳶《とび》だろうが、すべて鷲に統一されていた。

「鳥音痴だね」と僕が言うと「あなたが鳥博士なだけよ」と葉子は笑った。彼女に言わせれば僕は魚博士であり映画博士であり漢字博士でもあった。そして方向音痴であり地下鉄音痴であり植物音痴であった。

そうやって、音痴になったり博士になったりを繰り返しながら、二人はおたがいの理解を確実に深めていったのである。

葉子と二人ではじめて迎えたクリスマスの日。それは二人が付き合い始めて三ヶ月ほどが過ぎた頃のことだった。葉子のリクエストで、はじめてのクリスマスは引越したばかりの西荻窪の僕の部屋で過ごすことになっていた。

めずらしく僕は早起きをして部屋を掃除して、それから吉祥寺に買い物に出かけた。葉子へのプレゼントとシャンパンとワイン、それにこれから作る料理のテキストと材料、調理器具と食器も買いこんだ。なぜかわからないけれど、ボルシチを作ってみようと思いたった。札幌の凍えるようなクリスマスの日に、いつも母が作ってくれた料理だった。

せいぜいインスタントラーメンに様々な工夫をするくらいで、学生時代からろくに料理などしたことはなかったが、ボルシチに関しては妙な自信があった。子供の頃から最高に美味《おい》しいボルシチを食べていたという自負がその自信の裏付けだったのだと思う。

とにかくまず本屋に行ってボルシチの作り方が載っている料理の本を買った。それから鍋《なべ》とスープ皿とスプーンとフォークを買った。地下の食品売り場で牛肉やトマト缶やビーツやキャベツ、にんじん、たまねぎなどの野菜類からハーブにいたるまで、必要な食材を次々と買った。そしてパン屋に行ってピロシキ、酒屋でシャンパンとワイン、慌てて食器売り場に戻ってシャンパングラスとワイングラスを二客ずつ買った。

吉祥寺の東急百貨店、別にここだけではないのだろうけれど、ひとつの建物の中でそれらのものをすべて買い揃えられたことはちょっとした感動だった。

部屋に戻り本を広げて、僕ははじめての本格的な料理に取り組んだ。野菜を刻み牛肉を煮込んだ。途中でキッチンに塩と胡椒《こしょう》がないことに気がつき、近くのコンビニに買いに走った。

約束通り、午後七時に葉子は僕の部屋を訪ねてきた。その頃にはボルシチも何とかできあがっていた。はじめてにしてはまあまあの出来かな、というような仕上がりだったと思う。リビングのテーブルに蠟燭《ろうそく》を立て、シャンパンを開けて乾杯をした。そして二人でボルシチを食べた。

「おいしい」と葉子は顔を輝かせた。

「はじめて作ったんだ。北海道にいた頃はクリスマスに母親がよく作ってくれてね、その味を思い出しながら」

「凄《すご》くおいしい」

「ありがとう。途中で、札幌に二回電話をかけたからね」

「お母さんに訊《き》いたの？」

「うん。なかなか酸味が出なくて」

「それで？」

「あとは企業秘密」

それからピロシキを食べて、白ワインを飲みながらチーズを食べた。

「東京のクリスマスって、ちっとも雰囲気が出ないよね」と葉子が言った。

「雪がないから？」

「そう。私の育った街は雪が凄かったから」

「新潟だものね」

「新潟も海沿いの方はそんなに降らないんだけど、私のところは凄かった。よくテレビで二階から出入りしているのが映されるけれど本当にそんな感じなの。クリスマスの頃なんかもう雪の世界よ。だから東京に出てきてはじめて雪のないクリスマスを見て、びっくりしたわ」

「札幌も、クリスマスは雪だった」

「札幌の雪のクリスマスって聞いただけで、透明できれいな感じがする」

「うん。やっぱりサンタクロースには雪が似合うよ。それと、トナカイにも。東京じゃあトナカイの鼻も赤くならないだろう」

「雪がないけれど」と葉子は小さな体をますます小さくして言った。

「今日は東京にきてはじめての本当のクリスマス。雪がない、はじめての」

僕は何も言わずにただ葉子を見つめていた。

「隆ちゃん」

「なに？」

「来年はピロシキも作ろうね」

「できるかなあ？」

「できるよ」

「難しそうだよ」

「いや。絶対にできる、二人で頑張れば」

僕は葉子にプレゼントを渡した。葉子も僕にプレゼントをくれた。二人で同時にそれを開けて大笑いした。

『鳥の図鑑』が僕のプレゼントだった。世界中の鳥が美しいカラーで図解されていた。

そして葉子が僕にくれたのは『日本の植物』という、日本の草木の特徴を詳しく説明した写真集だったのだ。

「ぎゃー、出た、カモメじゃー」とか「鶴よ鶴」とか「なによこれ、イルカってただの大きなスズメじゃない」とか、葉子は大騒ぎしながら図鑑をめくっていった。

「イルカじゃなくてイカルだろう?」

僕がそう言っても返事もせずに、玩具《おもちゃ》に夢中になる子供のように葉子は図鑑の世界に引きこまれていくのだった。

僕はその姿をぼんやりと眺めながら、赤ワインを飲んでいた。そして東京に来てはじめての本当のクリスマスという葉子の言葉を思い浮かべていた。新潟から東京へ来てもうすぐ十年になる葉子が、東京で過ごしてきた僕の知らない日々を、その言葉が言い尽くしているように思えてならなかった。

その夜、僕はボルシチ博士となり、そしてセックス博士となった。

もちろん、葉子も十分に魅力的なセックス博士だった。

6

「なぜ、水溜《みずたま》りばかりを写すの？」

「わからない」

「どうして君はあんなに美しい水溜りを見つけることができるんだい？」

「わからない」

「その方法を僕にも教えてくれないかな？」

「いいわよ」

「難しい？」

「簡単」

「教えて」

「でも口ではうまく説明できない」

「水溜りが好きなの？」

「うん」

「どうして？」

「それは、私に見えている世界がきっとそのように見えているからじゃないかな。人の言葉も、親の愛情も、走っていくトラックの音も電車の発車のベルも、雨に濡《ぬ》れる木も子供たちの声も、何もかもが私には何かに映った光景のように見えるの」

「この指も？」

「そう」

「このペニスも？」

「そう」

「僕の言葉も？」

「うん」

「何もかも？」

「うん。何もかも。でもね、隆ちゃんは凄くいい方よ。凄く実像に近い。だから、やっぱりこれって好きってことなのかな」

「実像に近いから？」

「そう。それに隆ちゃんは、いつも私と同じ場所から世界を眺めようとしてくれている」

「でも、僕と君の間に今水溜りは存在していない、そうだろう。君の性器に僕の性器を挿入していいるんだもの」

「そう?」

「そう。二人の間には何も存在していないだろう。こんなにきつく抱き合っているんだもの」

「そう?」

「それとも、何か存在している?」

「わからないわ」

「何が?」

「何が存在していて、何が存在していないのかが。あなたのペニスと私の粘膜との隙間に、何が存在していて、何が存在していないのかが」

「いつかわかる?」

「うん、きっといつか」

「そう」

「ねえ、もう何も話さないで」

「どうして?」

「だって」

「セックスに集中したいから?」

「そう」

「了解」

「…………」

「眠れないのかい？」

「うん」

「そんな時はね、地下に洞窟《どうくつ》を作って逃げ回っている自分の姿を想像するんだ。蟻の巣のように、地下に洞穴を張り巡らせて、そこを移動しながら生活する逃亡者の姿」

「それは自分なの？」

「そう。追いかけてくるのはモサドかＫＧＢかＣＩＡか、とにかく強力な情報機関で、捕まると即座に処刑される。それから逃げ回っている自分の姿。場所はシリアかイラクかとにかくあの辺の国の地下奥深く」

「そうすると眠れるの」

「ああ、僕はね」

「どうして？」

「だって、心も呼吸も静めて、静まり返っていなければいけないからね。それに穴の中は暗くて暖かくて落ち着く」

「わかった。じゃあ私は隆ちゃんと一緒に逃げている恋人になるわ」

「それがいい」

「トライしてみる」

「頑張って逃げ切れよ」

「わかったわ」

「おやすみ」

「うん。おやすみ」

7

葉子は出版社から依頼されたインタビュー記事の写真を三誌ほどかけ持ちでこなしていた。一誌が隔月刊であとの二誌は月刊誌だった。つまり編集者との打ち合わせを含めても月にせいぜい十日が実働日数であった。仕事以外の日はほとんど毎日のようにカメラをぶら下げて歩き回っていた。

四国や東北へ出かけると言って一、二週間、東京を離れることもしょっちゅうだった。美しい水溜りを見つけ出すのは、やはりそれなりに大変なことなのである。

東京を出る時、これから向かうのはどこ方面と大雑把に教えてくれるのだが、日程はほとんど告げることはなかった。それもそのはずで、葉子自身にも日程表など存在していないのだ。確実なのは次の雑誌の撮影がある日には必ず東京へ戻っていなければならない、という程度のことだった。

地方に撮影に出かけると、葉子は電話も一切かけてこなくなった。月三回の雑誌の撮影で得られるギャラはしれている。葉子はその中からアパート代をはじめとする生活費をまかない、自分の撮影のためにかかる交通費や宿泊費や機材費などの一切合財を捻出《ねんしゅつ》しているのである。そんなこともあって、写真取材中の集中力は凄《すさ》まじいものがあった。

自分とカメラ。

取材旅行に出かければ、葉子はそのたったふたつの関係に集中し、それ以外のものをすべてナイフで鉛筆を削るように削《そ》ぎ落としていくのである。

何かを見て何かに思い至る自分と、唯一それを表現してくれるカメラ――。彼女が信じ、彼女を支えてきたものは、つまりはそれがすべてだったのである。

東京駅に着くと電話がかかってきた。

「帰ったよー」

僕が部屋にいてもいなくても、その第一声は変わることがなかった。いない時には、まったく同じトーンの声が留守録に入れられているのである。

「これから家に帰って、フィルムの整理をしたら隆ちゃんの部屋に行くからね。待っててねー」

葉子はアパートのある三鷹《みたか》へと直行して、大急ぎでフィルムを整理し、全速力で三鷹駅まで走り、電車に乗って西荻窪駅で降りると、そこからまた全速力で僕の部屋まで走ってくるのだ。

僕が部屋にいる時は、どこをどう回ってきたとか、そこにどんな風景が広がっていてどんな花が咲き、どんな人たちがいたかを、呼吸をする間もないほどに一生懸命説明してくれた。どういう写真が撮れて、どういう写真が撮れなかったのか。

帰ってきた日が僕の仕事と重なっている時には、葉子は合鍵《あいかぎ》を使って部屋に上がりこみ、ベッドに潜りこんで寝ていた。

葉子は色々なことで二面性を持っていた。例えば、静けさと騒々しさ、自信と不安、延々と歩き回る体力とその割にはあまりにも虚弱な体質。

季節の変わり目にはいつも先頭を切って風邪を引き、すぐに四〇度近い熱を出した。胃腸が弱く、油ものはほとんど受けつけなかった。花粉症がひどく、春先にはいつも鼻水と涙を流していた。ちょっとしたことですぐに口内炎を起こし、一切の食べ物を受けつけなくなったりもした。そうなると一五七センチで四一キロの体が、どんどん痩《や》せ細っていった。しかし三六キロを切るまでは大丈夫だと、そういうところでは強気だった。

本人に言わせれば子供の頃から病気ばかりしていたから、慣れているということであった。その言葉の通り三八度くらいの熱ならば平気で仕事をし、街をうろついていた。

葉子とのつながりが深くなればなるほど、僕はユーカの提案に頭を悩ませた。自分の写真を撮らせてみたいと言って葉子を僕に紹介してくれたのはユーカである。僕が葉子と付き合いだしたことが、ユーカの提案を却下する理由にならないことは当たり前だった。

しかし、葉子を「月刊エレクト」のカメラマンとして使うことにどうしても抵抗を感じてしまうのである。彼女の写真に対する真摯《しんし》な姿勢を見るたびに、エロ雑誌でSMの写真を撮ってギャラを得ることがいいのかどうか悩んでしまうのであった。

決断がつかないでいる僕にユーカは撮影のたびにせっついてきた。葉子は葉子でお金のために撮る写真は被写体を選ばない、だから頼まれれば喜んで撮ると、実に明快だった。

うまい解決策を見つけられないでいる僕に、高木が思わぬヒントを与えてくれた。

「ユーカのページ、ちょっと目先を変えた方がいいんじゃないか」と会社の近くの喫茶店でコーヒーを飲みながら高木は言った。

「でも、読者アンケートの成績は常にトップに近い」

「だから、今がピークなんじゃないかなあ。絵柄がマンネリだよ、すでに」

「カメラマンを替えるか」

「そう、あの野リスちゃんを使うとか」

「しかし、もつかなあ」

「それは、俺も実は不安なんだよな。だから、ちょっと考えたんだけど、思いきってヨーロッパ辺りでロケしてみたら面白いんじゃないかって」

「ヨーロッパ？」

「そう。ユーカと彼女を連れてね、何カ国か回るんだ。オランダ、ベルギー、フランス、イギリス辺りを。ユーカ以外の出演者は現地調達ということで。何しろ向こうは本場だからな。それで、そういうＳＭのバックグラウンドから文化論や最先端の風俗を交えて俺がレポートを書く。四カ国回れば、四ヶ月もつわけだから採算は何とかとれるだろう。今はヨーロッパも安いし」

それは、僕にとって願ったり叶《かな》ったりの提案だった。創刊二十周年が近づいている「月刊エレクト」は、その目玉となる大型企画を必要としていたからである。

「女王ユーカのヨーロッパ行脚か」と僕が言うと「それやそれ」と高木は笑った。

「ユーカが仮面をつけてシャンゼリゼ辺りを歩いているのはそれだけで滑稽《こっけい》だし、それにイギリス紳士がお尻《しり》丸だしで這《は》い回ってユーカの鞭《むち》にヒーヒー言っているところなんかおかしいやろう。考えただけで」

「来ましたね」

「来とる、来とる」

「じゃあ、ちょっとアイディアをまとめてみます。ありがとう、高木さん」

「なにゆーてまんねん。苦しい時はおたがい様や」と高木は言うとケラケラと笑うのだった。

「女王ユーカのヨーロッパ行脚」の収録は一九八九年五月に二週間をかけて行われた。訪問したのはアムステルダム、ブリュッセル、パリ、ニース、ロンドンの五つの都市。取材チームはユーカと高木と僕、そして新人カメラマンの葉子が抜擢《ばってき》された。

僕と葉子が付き合い始めて半年ほどがたっていた頃だった。しかし、他のメンバーでそのことに気がついている者は一人もいなかったし、第一そんなことに関心を示す人間もいなかった。

撮影は快調に進んだ。

ヨーロッパ人のSMに対する情熱には驚くべきものがあった。さすがはサドを生みマゾッホを育てた土地柄である。

「このベルギーの白豚野郎が!!」とユーカが渾身《こんしん》の力で鞭を振り下ろすと、いい歳の中年紳士が情けない声を上げながら、喜びで腰を振りまくるのである。カッターナイフを持参してきてこれで体中を切り刻んで欲しいと頼んでくるのもいたし、ロープで失神するまで首を絞めてくれという危ないやつもいた。どこに行っても尿をシャワーのように頭からかけて欲しいと頼まれるのだけは同じだった。さすがは生きる喜びを享受することに貪欲《どんよく》なヨーロッパ人たちで、縛られることも鞭で打たれることも蠟燭《ろうそく》を垂らされることも尿を頭からかけられることも、心の底から楽しんでいる様子だった。

そんな彼らを葉子はマイペースで撮り続けた。つかず離れず、巣穴から出たり入ったりしながら、シャッターを切り続けたのである。

室内だけではなく、街中でもロケを行った。ブリュッセルの石畳の上で乳房をさらしのけぞるユーカ。シャンゼリゼ通りを網タイツに革のタイトスカートに、網目状のブラウス、そして黒い仮面というでたちで闊歩《かっぽ》するユーカ。しかしパリジャンたちにとっては、そんなにめずらしいことでもないらしく、人だかりはおろか振り向く人もそれほどいなかった。

パリでの撮影を終え、一行はニースへと向かった。

ニースに行ったのは休息のためであり、撮影の予定は特に組んでいなかった。アムステルダム、ブリュッセル、パリと回れば、きっと疲労はピークに達しているだろう。日程的に少しブレイクを入れた方がいいだろう、という僕の読みだった。

葉子の集中力は凄まじいものがあった。

自分と被写体とカメラ。その三つに、全神経を集中させ没頭していた。移動のＴＧＶの中でも撮影終了後の打ち上げのレストランでも、ほとんど誰とも会話を交わすことがなかった。常にカメラを手に次の撮影のイマジネーションを膨らませ、コンセントレーションを高め続けていた。

誰もが葉子の集中の妨げにならないように細心の注意を払っていた。ユーカでさえ、自分の方から話しかけることを遠慮していたし、一人一人そうすることが葉子にとって、ひいては今回の撮影にとって最善なのだということを知っていた。チーム全体がひとつの仕事に集中しようとしていたし、それを常に牽引《けんいん》しているのが葉子であることに気がつき、僕は驚いた。

ニースからロンドンへ飛び、イギリス紳士の尻をこれでもかと引っぱたきまくって、無事に全収録を終えた。モーニングを着てシルクハットを被《かぶ》ったまま、下半身を丸だしにして這ってもらうという僕のアイディアは大受けだった。

「アグリー・ピッグ、イングリッシュ・ホワイト・ピッグ!!」

最高潮に達したユーカのその叫び声はしばらく耳から離れなかった。

帰りの飛行機は混雑していて、僕と葉子は他の二人から遠く離れた最後方の席に座った。葉子は彼女を支えていた目に見えない何万本もの糸がすべて切れてしまったように、ひたすらぐっすりと眠り続けた。機内食もとらず、ほとんど何も飲まず話もせずにだ。

「ふわーっ」という猫のような声を上げて葉子が目を覚ました時には、ユーラシア大陸を横断しきっていたのではないかと思う。

「隆ちゃん」と葉子は言った。この二週間で僕に葉子の方から話しかけてきたのはほとんどはじめてのことだった。

「ニースの海、きれいだったね」

ニースにいた二日間、葉子は部屋にこもりっきりで姿を見せなかった。食事に誘っても部屋で一人ですませる、今はとにかく休みたいと言うので、僕らは残された三人でモナコ見物やニース市内を散策した。

「私、死ぬ時はあそこで死にたい」と葉子は言った。

飛行機は日本海の約一万メートル上空を飛んでいた。遥《はる》か下方にうっすらと海が見え、たよりない光をキラキラと反射していた。

葉子は再びシートに潜りこむような姿勢になって目を閉じた。そして、目を閉じたまま聞き取れないくらいの小さな声でこうつぶやいた。

「水溜《みずたま》りみたいな海だったな」と。

8

「私、死ぬ時はあそこで死にたい」

日本海上空の機中で発せられたその言葉は、放物線を描きながらゆっくりとしたスピードで落下していき、やがて小さな音をたてて小さな湖に着水し、底へと沈んでいった。湖の中をゆらゆらと旋回しながらなおも落下し続け、そして湖底にたまった砂の中に砂煙を上げながら音もなく着地したのだった。

仕上がってきた葉子の写真を見て「月刊エレクト」編集部では驚きの声が上がった。

「何だよ、これは」と真っ先にあきらかな非難の声を上げたのは五十嵐《いがらし》だった。

僕は、葉子には出発前に一切の注文をつけなかった。ただ、はじめてのヨーロッパでのはじめてのSM写真だから、君が思った通り感じたままに撮って欲しいということだけを伝えた。

「使えない、これもだめ。あーこれもだめ。全然勃《た》たねえよ、こんなんじゃあ」

葉子が持ってきた写真の大半はモノクロ写真だった。

五十嵐が悲鳴に近い声を上げる。その後ろで葉子はなぜかにこにこと嬉《うれ》しそうに笑っている。

「駄目だよ、君ぃ。これじゃ、駄目なんだよぉ。勃たないんだよ。エロ雑誌は、勃ってなんぼの世界なんだ」と五十嵐は頭を抱えて大袈裟《おおげさ》にうめき続ける。

その後ろで「勃ちませんかあ？」などと葉子は呑気《のんき》に笑っている。

その二人の姿を見ていて、たいしたもんだな、と感心した。自分の撮ってきた写真にあれほど大袈裟な非難を浴びているのに、葉子にはまったくといっていいほど動揺する気配がないのである。むしろ、そんな五十嵐の反応を楽しんでいるようにすら見える。

それは自分が撮った写真への揺るぎない自信なのだと僕は思った。自分の写真が万人に受け入れられるものではない、そして写真とはそういうものであると熟知しているように僕には見えて仕方なかった。

SMシーンのほとんどがモノクロだった。確かに勃たないかもしれないけれど、それは一枚一枚よく考えて撮られていた。モノクロでしか表現できない、SMという不可思議な行為に没頭する人間たちの陰影が鮮やかに映し出されていた。

葉子の写したSM写真が、「月刊エレクト・二十周年記念号」の表紙を飾った。ユーカを写すというよりも、SMに興じる人間たちの姿を風景のひとつのように捉《とら》えた写真だった。そこには卑猥《ひわい》さはひとつもなかったけれど、背徳と淫靡《いんび》さに満ちた空間が映し出されていた。派手なモデルが真っ赤な唇の中にバナナを咥《くわ》えている、というパターンが多かった「月刊エレクト」にとっては画期的な表紙になった。

ブリュッセルの古いホテルの一室全体をとらえた写真である。古めかしい気品のある調度品に囲まれた中世を思わせるような部屋で、よく見るとベッドの上で四つん這《ば》いになる白人男性に鞭《むち》を打ち下ろすユーカの姿に気がつく。

まるで芸術雑誌のような仕上がりとなった「月刊エレクト」は上々の実売を上げ、売り切れ店が相次いだ。モノクロとカラーを織り混ぜた「女王ユーカのヨーロッパ行脚」は高木の硬質なSM文化論も含めて評判を呼び、まずは成功を収めたのだった。

ところが、めずらしいくらいにきつい口調で沢井は僕に言った。

「今回の山崎君の企画は、駄目だ」

沢井と五十嵐と僕、三人の編集会議の席でだった。

「でも、四ヶ月ぶっちぎりの一番人気でした」

「それはそうかもしれない。でも駄目なんだ」と沢井は不機嫌そうに煙草を吹かした。そして「五十嵐はどう思う?」と意見を促した。

「そりゃ、結果がついてきたんだから、いちおうは成功なんじゃないですか」と五十嵐は皮肉っぽく言い、「僕は全然面白くなかったけど」と続けた。

「なぜ面白くない?」

「勃ちませんから」

「いいか、山崎君。僕らのやっている雑誌は単なるエロ雑誌だ。文化誌でも芸術誌でもないんだ。粘膜と皮膚のぎりぎりを写しだして勃起《ぼっき》させて売る。それでマスターベーションをして捨ててもらう、それだけが役割なんだ。だけど今度の君の企画のようなものが続けば、読者は本を捨てられなくなる。捨てられないエロ本は、きっといつかは滅びていく。

わかるか？」

「はい」

「だから、あれで受けては駄目なんだ。もっと昆虫のような単純で簡単に勃起させて売るような雑誌を目指さなければ。それができないのなら、他の雑誌をやればいい。エロ雑誌の編集者に知性めいたものを感じたら読者はかけるマスもかけなくなってしまう。そうだろう？」

「はい」

「もっと単純でパワフルにエロ雑誌を作っていかなけりゃ。五十嵐君みたいに勃つか勃たないかそれだけをたよりにだ」

その夜、僕はしたたかに酔っ払って這うように西荻窪のマンションに辿《たど》りついた。

入社以来ただの一度も小言すら言われたことのなかった沢井に、厳しく批判されたことがショックだった。それよりも、心のどこかで脱いで股《また》を広げて男優が絡みついて、というそれだけの雑誌作りに飽きていた自分が悔しかった。

「本作りとは何か。それはね、まず何といっても第一は読者を惹《ひ》きつけて何らかの興味を持たせて釘付けにし、そして本を買ってもらうことだ」

遠い日の沢井の言葉が頭の中を駆け巡っていた。

「その本作りの基本中の基本というか原理原則がエロ雑誌には集約されている。シンプルにわかりやすくだ。勃起させて売る。この単純な図式が簡単なようでいて難しく、だからこそ面白いし、また勉強になるんだ。だから、ある意味ではエロ雑誌の編集者こそが編集者の中の編集者ってわけだ」

本当にそうなんだろうか。それだけで、編集者の中の編集者と言えるのだろうか。僕は浅い眠りの中で、何度となく自問を繰り返していた。尊敬してやまない沢井にはじめて芽生えた小さなクエスチョンマーク。本当はそれを打ち消してしまいたかったのかもしれない。

射しこむ朝日の眩《まぶ》しさで目を覚ました。

何の記憶もなかった。どこで飲んでどうやって部屋に辿りついて、そしていつ寝たのか。いくら記憶を辿っても、新宿の三軒目の店から先は真っ黒く塗りつぶされていた。

あれっと思った。

パジャマを着ている。

そしてもう一度、あれっと思った。

キッチンからお湯を沸かす音が聞こえてくるのである。

僕はシンバルが鳴り響いているような状態の頭を抱えてリビングのドアを開けた。

「おはよう」と葉子が言った。

「あれっ？」

「昨日の夜遅く、東京に戻ってきたの。隆ちゃんひどいよ、留守録も聞いてくれていないんだもん」

「そうかあ」

「それで、タクシーで来たのよ、三鷹から。もう電車走っていなかったから。そうしたら、死んだようになって寝ているんだ。お酒の匂いプンプンさせて」

「葉子がパジャマを？」

「そうよ」と言って葉子は明るく笑った。

「大変よ、酔っ払って寝ている隆ちゃんにパジャマ着せるのは」

「非協力的？」

「というよりも、体がゴム人形みたいにグニャグニャなんだもん。覚えていないの？」

「そういえば、うっすらと」

「歯、磨いてきて。お酒臭くて話しているだけで酔っ払っちゃいそう」

「わかった」

「それから、朝食」

「ありがとう」

「何？」

「いや、パジャマ着せてくれて」

「どういたしまして」

「俺、何か言ってなかった？」

「いや、別に。死んだように寝ていたわ。時々息をしているかどうか不安になって確かめたくらいよ」

「そうかあ」

「そんな時もあるわよね」

と葉子は優しい笑顔を見せるのだった。

エプロンをつけてキッチンに立つ葉子の後ろ姿を氷水を飲みながら僕は眺めていた。おそらくは昨日の夜遅くに撮影を終えて葉子は東京駅に戻り、公衆電話から僕の部屋の留守録にいつものように「帰ったよー」と吹きこみ、大慌てで三鷹に戻り、そしてフィルムの整理をして僕の部屋までタクシーで飛んできたのだろう。

「濃いコーヒーでしょう。二日酔いの朝は」

「うん」

「はい。うまく入ったかな」

僕はコーヒーを運ぶ葉子の姿を見ながら、いったいいつの間に彼女は僕の心の奥にまで入りこんでしまったのだろうかと考えた。セックスを終えたあと、葉子がペニスと粘膜の間にあるものに思いを馳《は》せるように、エプロンを着て僕の体調や欲求に合う濃度のコーヒーを淹《い》れてくれる葉子のことを考えた。ちょっとしたコーヒーの濃さの違い、そこにあるものはいったい何なのだろう。

「ユーカさんはもう撮らないよ。それでいいんでしょう」と待ち合わせた荻窪のレストランで葉子は僕に言った。

「興味がない？」

「うん」

「エロ雑誌に？」

「うん。エロ雑誌は隆ちゃんが作っていればいい。それでいい。別にエロ雑誌に対して偏見はないけれど、でも私はやっぱり他のものを撮っていたい。ユーカさんには悪いけれど」

「それでいいんじゃない」

「よかった」

そこはフランス人が三人でやっているレストランで、葉子の好きな場所だった。店内にはフランスの田園風景を題材にした油絵がテーブルを取り囲むように飾られていた。

「僕のマンションで一緒に住まない？」

「えっ？」

「そうすれば、少なくとも葉子の部屋の家賃は浮くだろう」

「同棲《どうせい》ってこと?」

「うん。そういうことかな。君は東京を離れている時間も多いから、一人暮らしは不便だろう。それで、おたがいにいいタイミングで結婚しよう」

「隆ちゃん、いつそんなこと考えついたの?」

「今朝」

「へえー」

「そうすれば、君がわざわざ僕の部屋まで泊まりに来なくてもすむようになる。だって君の部屋になるわけだから」

「ありがとう。ただね」

「ただ?」

「ただね、私の両親って離婚しているの。姉も最近離婚したし、友達ものきなみ離婚。だからなあ、なんか不安なんだよなあ」

「だったら、結婚しなきゃいい」

「隆ちゃん、プロポーズしてるの? それともその逆?」

「僕もそんなに結婚に思い入れはないんで、というかどちらでもいいんだ。正直言ってね」

「でも一緒に住むのはなんか怖い。何が怖いってね、もし万が一よ、うまくいかなくなった時、別れるということになった時、私は帰る場所がない。隆ちゃんのマンションを荷物を抱えて出た時、それはつらいと思うの。それならば最初から、そんな夢を見ない方がいいじゃない」

僕は葉子がついでくれた赤ワインをそっと口に運んだ。葉子はブイヤベースにバゲットを浸して、スープが十分に染みこんでいくのを待っていた。

「もうずいぶん昔に読んだアメリカのSFにこんなのがあった」

「どんなの？」

「とても仲のいいカップルがね、海辺でデートをしているんだ。海の上にポッカリと満月が浮かんでいる。それを眺めながら愛を語り合っていた。そのうちに彼氏の方がちょっとした異変に気がつくんだ」

「異変？」

「そう。月がだんだんと赤くなっていく。みるみるうちに」

葉子はたっぷりスープを含んだバゲットをゆっくりとした仕種《しぐさ》で口に運び、幸せそうに微笑んだ。

「それでその彼氏は考える。どうして月が赤くなっているのかって。そしてある結論を導き出す。つまり太陽が爆発したか、あるいは凄《すさ》まじい燃え方をしているんだ、という。それが月に映っている。ということは今、おそらく地球の裏側は壊滅してしまっているはずだ。だって月があんなに真っ赤なんだから。そして、今から十二時間後には、あの月を見ているこの場所も灼熱《しやくねつ》地獄になるのだろうって。そのことに唯一気がついてしまったカップルが、残された十二時間をどういうふうに過ごすのかという物語なんだ」

「暗い話ね」

「うん。まあ、そうだね。それで、僕が言いたいのはこういうことなんだ。つまりね、月が赤くなってその理由を推察することができてしまったそのカップルと、そんなことにはまったく考えも及ばずに能天気に十二時間後を迎えたカップルとどっちが幸せだったのかっていうこと。葉子は赤い月を見ているのかもしれないじゃないか。そりゃ、離婚する人もいるし、しない人もいる。だから赤い月ですらないのかもしれない。でもまあ、それがたとえ赤い月だったとしても、それに気がついて生きるよりは、知らないでその時を迎える方が幸せということもあるんじゃないかなあ」

「もし月が赤かったとしても、それに気付くなと」

「そう」

「それがプロポーズなの？」

「そういうことかな」

「どうして、どうして今朝なの？」

「コーヒーが濃かったから、かな」

「わかったわ」

「うん？」

「真剣に考えてみる。なるべく赤い月は見ないようにする」

9

吉祥寺のバーでいったい何杯のギネスを飲んだのだろう。それからのことを僕はどうしてもうまく思い出すことができなかった。どこをどんなふうにしてかはわからないが、僕はそれでも部屋に戻りベッドの上で洋服を着たまま眠っていた。

留守録をチェックしたかどうかの記憶もなかったが、それを調べるためにリビングに戻る気力も持ち合わせていなかった。

枕元の目覚まし時計は午前五時を示していた。

喉《のど》が無性に渇いた。

ポリスが聴きたかった。ポリスというよりも〝エブリィ・ブレス・ユー・テイク〟のイントロだけを何回も繰り返して聴きたかった。

　この三ヶ月。

　部屋に帰り、留守録の青いランプが灯《とも》っているのを見るたびに意味もなく胸をときめかせ、そして失望を繰り返したこの三ヶ月。

「帰ったよー」という葉子の声を待ちわびたこの三ヶ月。

　喪失から不在へと、そしてやがてその気配すらも完全に消し去ってしまおうとしている葉子。僕は君に赤い月を見ないでくれと言った。その言葉に素直に従って君は、僕の部屋にアジアンタムの大きな鉢をふたつ抱えて越してきてくれた。

　しかし、今僕は思う。君にはもしかしたら、あの滅亡の赤い月が見え続けていたのではないかと。僕には見えずに、君にだけ見える月の存在に怯《おび》えながら毎日を生きてきたのではないかと。

　そして、僕は君に訊《き》きたい。僕の部屋で過ごした二年間、僕と数え切れないほどのセックスをし、オルガスムスを覚え、ペニスと粘膜の隙間に思いを馳せていたこの二年間、君は本当に幸せだったのだろうか。生きる喜びに光り輝きながら、毎日を過ごすことができていたのだろうか。

　ヒロミを思い浮かべ、美津子の股間《こかん》を思い、そして中川宏美の言葉を思った。そして、そこにつきまとう、デパートの床に組み伏せられた自分の姿を思い、アスファルトの上に芝生のように並ぶ美津子の恋人の黒い髪を思い、裏漉《うらご》しされたスープのような死について考えた。

アジアンタムに水をやらなければならない、そう思った。

僕はよろよろと立ち上がって、ジョエルマの頭を軽く小突き、リビングルームへと重い足取りで向かった。

ポリスのＣＤをかけた。

それから、お湯を沸かした。濃いコーヒーを飲みたくなったからだ。

お湯が沸くまでの間に歯を磨き、霧吹きでアジアンタムに水をやる。何千粒もの水滴が葉の上に付着して、ダイヤモンドの粉をばら撒《ま》いたように光り輝いた。午前五時。僕が知らない時間帯、僕が気がつかない時間帯に、アジアンタムがこんなにも活《い》き活《い》きと生きていることを僕ははじめて知った。

アジアンタムは確かに憂鬱《ゆううつ》だった。

しかし、それと同時に決して憂鬱なだけではないことを僕は知った。

〝エブリィ・ブレス・ユー・テイク〟のイントロが静かに始まっていた。僕はＣＤプレイヤーのボリュームを少しだけ上げた。

リビングに飾られた、葉子が一番気に入っていた水溜《みずたま》りの写真に目を遣《や》る。道の真ん中にまん丸い水溜りがあって、それを取り囲んで様々な表情で覗《のぞ》きこむ五人の子供たちが映っていた。子供たちの頭の上には、悲しくなるほどの青い空が水に反射してゆらめいていた。

今日、会社に行こう、と僕は思った。

普通の生活に戻ろう、と。

必死に働いて、遅れを取り戻そう。死に物狂いで働いて、その日常の中に葉子への思いを埋没させていこう。

そう考えた。

そしてディスカスを飼おう。何でもいいから、葉子がいた頃にはなかったものでこの部屋を少しずつ埋めていこう。

それがきっと今、葉子が望んでいることなのだ。

もう一度、アジアンタムの鉢を見ると、下の方の葉がある部分でちりちりに丸まり憂鬱な状態を示していた。しかし、上の方の葉は赤ん坊が手を広げるように精一杯葉を広げて、少しでも多くの光を吸収しようとしていた。

すべての葉を丸めさせるわけにはいかないのだ、と僕は思った。

だから、会社に行って必死に働き、そしてディスカスを飼わなくては……。

ポリスのCDを止め、レッド・ツェッペリンのセカンドアルバムを入れてボリュームを上げた。ツェッペリンを聴くのは何年ぶりのことだろう。

一度だけかけたら、葉子がいやがったことがあった。だから、ツェッペリンのCDは部屋の片隅で埃《ほこり》だらけになっていた。

〝ホール・ロッタ・ラヴ〟。激しくて単純なリフが頭に突き刺さるような音量で流れてきた。古くさくて、でも忘れることができないジミー・ペイジの誇らしげなギター。

僕はさらに限界までボリュームを上げる。

突き刺すだけではなく、できれば粉々に破壊して欲しかった。

〝胸一杯の愛を〟

それが邦題だった。

僕が高校時代から好きで、そして葉子が受け入れることができなかった、垂れこめる雨雲のように暗く、精錬したての鉛のように重いブリティッシュロック。それが大音量で部屋に流れていた。

それで、いいのだと僕は思った。

懐かしさと孤独感で胸が一杯になり、ロバート・プラントのヴォーカルに目頭が熱くなった。

それで、いいのだともう一度僕は思った。

しばらくはツェッペリンでも聴いていよう。

葉子はもういないのだから、と。

10

約一ヶ月ぶりに僕は電車に乗り、千駄ヶ谷《せんだがや》の文人出版に出社した。

編集部の戸を開けるとすぐに沢井が僕を見つけて「よお」と声をかけてくれた。

「京王プラザ」と沢井はすぐに僕にこれから行くべき場所を指示した。

「何本撮りですか？」

「二本かな」

「五十嵐さんが？」

「そう。でも五十嵐君じゃさばけない。ユーカさんがどんどん不機嫌になっちゃうから」

「でも考えてみれば機嫌が悪い方がいいということもありますよね。何しろSMなんだから。僕が行って和気あいあいでやるよりも、むしろ現場は緊迫していいのかもしれませんよ」

「ずいぶん、よくなったなあ」

「ありがとうございます。沢井さんのおかげです」

「さあ、行った行った」と沢井は嬉《うれ》しそうに僕を見て小さく笑い、ドアを指差すのだった。

ホテルのスイートルーム前の廊下に不機嫌そうに五十嵐は立っていた。

「おっす」と僕は声をかけた。

「廊下に立たされているんですか」

「あれ、山崎か？」と五十嵐は僕の顔を覗きこむように大袈裟《おおげさ》に驚いてみせた。

「お前、恋人に死なれて鬱になって社会復帰不可能という噂だったけど」

「はあ？」

「そうか。わかった。ユーカさんの鞭《むち》にしばかれて、勇気を出しにきたんだな。尻《しり》を思いっきり引っぱたかれに」

「何だよ、それ」

「働け、このバカ。いつまでもくよくよしてんじゃなーい、ビシッ、ビシッ。先輩に仕事押しつけて、なんてバカだ、ビシッ。働けえ、働けえ、このバカ」

「ハハ。五十嵐さんもどうですか？」

「何が？」

「いっぺん、ユーカにしばかれてみたら」

「俺もか？」

「本読めえ、このバカ。一冊しか本を読んだことのない編集者がこの世にいるかあ、ビシッ。校正は七つの間違い探しじゃねーんだぞ、このバカ。知らない漢字を読めないからって、クイズみたいに見比べてすますんじゃねえ。編集者なら辞書くらい引け、ビシッ。いつまでもチンチンだけ頼りに本作ってるんじゃねえ」

「ハハ」と五十嵐は笑った。

「ハハ」と僕も笑った。

そうやって、五十嵐は一分もしないうちに撮影を僕に明け渡して逃げるように会社に戻っていった。それが、五十嵐なりの受け入れ方だったのかもしれない。


「ずいぶん、久しぶりね」とユーカは言った。

葉子とはじめて二人で話をした喫茶店の同じ席に僕とユーカは座っていた。僕の席に僕がいて、葉子の席にユーカがいた。

「色々と大変だったね」

「いえ、こちらこそ、お世話になりまして」

「結果的に何もかも山崎さんに押しつけたみたいになっちゃって。もともとは私が紹介した子なのに」

「とんでもないです」

「本当に可哀相にね。まだ若かったのに」

そう言ったきりユーカは黙りこんでしまった。

僕は何となくぼんやりと喫茶店を見渡していた。三年前にも、こうしていたんだなあと思い出しながら。ボーイたちの着ている大袈裟な制服も、流れてくるクラシック音楽も、シートの配置や色も何もかもがあの時のままだった。

ただ、前に座っているのが、葉子ではなくユーカなだけだった。

静かな時間が流れていった。

きっと僕もユーカも、思っていることにそんなに違いはなかったはずだ。だから話すことも話す必要もそんなにはなかった。

「私ね」とユーカは小指で涙をぬぐいながら、小さな声で言った。

「この仕事、やめようかと思っているの」

それに応《こた》える言葉を僕は持っていなかった。

「私も三十を越えちゃったし。それに、こんなに泣き虫で、ＳＭの女王が勤まると思う？こんなに情けない女王がこの世にいると思う？　もう限界よ。葉子ちゃんが死んでからの私は最低の女王になってしまったわ。だからもうやめる。泣きたい時には泣いて、そうやって生きていきたいの、これからは。あなたなら、わかってくれるでしょう」

「わかります」

「急にやめたら迷惑がかかるから、そちらの都合に合わせるわ。だから、今度それを教えてくれない？　だって、私、もうＳＭの女王なんかじゃないもの」

僕は涙を浮かべるユーカの目を見た。確かにそこに、サドの女王の面影はなく、弱さや優しさ以外のものを僕は見つけることができなかった。


撮影を終え、ホテルを出て僕は新宿駅へと歩いていた。

〝コンフュージョン・キング・クリムゾン・ウィル・ビー・マイ・エピタフ〟

僕の頭の中にはキング・クリムゾンの曲が鳴り響いていた。しかもそれはクリムゾンの演奏する複雑で時に爆発するようなブリティッシュロックではなかった。

僕がその歌を聴いたのは新宿の路上でだった。十四年前、僕が十九歳で東京に出てきて間もない日のことだった。

夕方、僕は何の目的も行く当てもなく、ただぶらぶらと新宿界隈《かいわい》を歩いていた。すると、遠くの方から聞き覚えのある曲がかすかに流れてきた。吸いこまれるように僕はその音の方向へ、音だけを頼りに歩き始めた。

ギターとドラムとベースと管弦楽器、それと高音のヴォーカルで構成されている複雑なプログレッシブロックが、静かで簡単な音で再現されていた。

音の源に辿《たど》りついて、僕は驚いた。

二人の女の子が二本の生ギターで〝エピタフ〟を演奏し歌っていたのだ。原曲よりも遥《はる》かに緩やかなリズムと、透き通るような美しくゆったりとしたヴォーカルだった。

新宿の雑踏と、暮れていく光がまるでよくできたステージのように、ジーパンを穿《は》きギターをかき鳴らす二人の女の子をもりたてていた。マイクもなくアンプもなかった。ただ、生ギターを弾き、生の声で歌っていた。

優しく美しく歌っていた。

クリムゾンの複雑なプログレッシブロックを生ギターで奏でるという発想に驚き、そしてそれがこの歌を完璧《かんぺき》に表現していることにまた驚いた。

〝混乱がやがて私の墓碑銘となるのだろう〟とヴォーカルの女の子が歌った。その声にゆるやかで柔らかい生ギターの音がかぶさっていった。街を歩く人は足早にその前を通り過ぎ、立ち止まる人は二、三人しかいなかった。ギターの黒いピックガードに夕陽が反射して光っていた。

その場に立ち竦《すく》み、僕はそれを聴いていた。行く当てもなかったし、することもなかった。東京に出てきたばかりで、友達も知り合いもいなかった。

京王プラザを出て、新宿駅までの道を歩きながら、僕は十四年前に聴いた切ないロックを思い浮かべていた。もちろん、路上の演奏だから僕がその歌を聴いたのはただの一度きりで、時間にしてせいぜい五、六分のことだったと思う。

そして、もう二度と聴くこともない。

しかし、僕は夕暮れの新宿の街角に響き渡っていたあの気だるいブリティッシュロックをどうしても忘れることができないでいる。

11

僕は仕事に復帰した。

そして猛烈に働いた。何も考えたくなかったし、いくら考えたところで今の自分にとってプラスになることは何ひとつなかった。だから、毎日、朝早くから深夜まで、ピンクに割れた女性の性器をルーペで睨《にら》み、書類送検ぎりぎりの写真にダーマトで印を打ち続けた。頭の中が、女性性器の形と色に埋まってしまえばいいと思った。その間にわずかでも隙間ができなければいいと思った。

「先輩」という企画を立ち上げた。

朝の高校の教室で、後輩に股間《こかん》を大きく広げて性器を見せる女子高生をイメージしたシリーズグラビアだった。若い美人モデルを選《え》りすぐり、高校の教室で撮影を敢行した。自分の中にある、忘れられないシーンがエロ雑誌のグラビアに露骨に再現されていくことが、快感だった。撮影に立ち会い、パンティを下ろし椅子に座って股《また》を広げるモデルの姿を見て、あの日の出来事はこんなに下らないことだったのかと思った。必死にそう思おうとした。

毎日、五十嵐が羨《うらや》ましく思えた。

ほとんど何も考えずに、ただ何人のモデルとできるかだけを楽しみに、そのことに全身全霊を傾けている彼こそが、本当のエロ雑誌編集者なのだと、心底から思った。

彼は転がしたモデルの数を正確に覚えていた。一年に百人が目標で、五十人がノルマだと言っていた。今年はノルマが達成できそうなペースだと指折り数えて自慢していた。

それが、きっと本当に優秀なエロ雑誌編集者というものなのだろう。少なくとも、恋人に死なれて、会社にも出てこなくなるような編集者よりは客観的に見ても遥かに上出来といえた。

「先輩」の撮影に、ユリという名前の十八歳のモデルが来た。はじめての撮影に、まだ少女の面影を強く残した彼女は緊張しきっていた。田舎から出てきたばかりの、色白で華奢《きゃしゃ》な女の子だった。長い睫《まつげ》と涼しい目が印象的な、びっくりするような美少女だった。

「ではまず、そこに立って、パンティを足首まで下ろして脚を少し広げてください」と僕は言った。

彼女は人形のように指示に従った。

逆光の中に、緑色のチェックのスカートを穿いた少女がはにかみながら立った。足首に白いパンティが丸められている。

次は、クライマックスシーンの撮影である。

ユリをまず肘掛《ひじかけ》のある椅子に座らせた。彼女は僕が何か指示をするたびに「はいっ」と歯切れよい大きな声で返事をする。

「じゃあ、左脚をまず肘掛に」

「はいっ」

「そうそう。そして今度は右脚をゆっくりとね。ゆっくりと肘掛に」

「はいっ」

カメラマンがモータードライブでシャッターを切る。何百ものフラッシュがユリの体に容赦なく浴びせられる。

「オーケー、オーケー。いい感じだ」とカメラマン。

「それで、少しずつスカートをたくしあげてくれる」

大きく開かれたユリの白いきれいな脚が緊張でガクガクと震えている。歯切れよい返事を繰り返していたユリの口から言葉が徐々に途切れていった。

カメラマンとアシスタントと照明係、そして覗《のぞ》きこむ役のアルバイトと僕、五人の男がユリの股間に視線を注いでいた。

「さあ」と僕は言った。

ユリは顔を真っ赤にして金縛りにあったように身動きできないでいた。

「どうしたの」と僕は冷たく言い放った。

「早くすませちゃおうよ」

スカートを持つユリの手がぶるぶると震えていた。

「いいねえ」とカメラマンが言った。

「いいねえ、恥じらっているよ彼女。顔がいい色に染まっている、耳たぶの先まで真っ赤だ。彼女可愛いよ」

「さあ」と再度うながすとユリは僕を睨みつけ、覚悟を決めたようにスカートに手を伸ばし、少しずつたくしあげていく。

青白い太股《ふともも》が見えた。

ユリの瞳《ひとみ》にみるみる涙がたまっていった。彼女の高鳴る鼓動がはっきりと聞こえてくるような錯覚を感じていた。

泣いちゃあ駄目だ、と僕は心の中で叫んだ。先輩が泣いてしまってはコンセプトと違ってくる。先輩はあくまでも気高く、誇らしげに性器を見せなくてはいけないのだ。

眼に溜《た》まり、それでも必死にこらえていた涙がスーッと頬に伝って流れた。

「ストップ」と僕は言った。

もう限界だった。

それは、ユリという今日はじめて会った少女の、というよりも僕自身の限界だった。

離れた場所から見ていたユリの女性マネージャーが駆け寄ってきた。

「ユリっ」と早乙女《さおとめ》は銀縁の眼鏡を光らせきつい声を上げた。

「はいっ」とユリは椅子に両脚を載せたままの姿勢で応《こた》えた。

「ちゃんと山崎さんの指示通り動きなさい」

「はいっ」

ユリはそう言ったものの、涙は止まらず体はピクリとも動かない。

「早乙女さん、今日はちょっと無理かも」と僕は撮影に何度か立ち会ってもらったことがある派遣事務所の女性マネージャーに言った。

僕はユリに近づき、左脚を持って肘掛から下ろした。すると、まだ幼さを残した顔のユリが、その拍子にワッと泣きじゃくってしまった。こらえていた涙がいっせいに溢《あふ》れてきたという感じだった。

その時早乙女がユリの頬を平手で思いっきり引っぱたいた。パーンという乾いた音が人気のない教室に鳴り響いた。

「甘えるんじゃない」と早乙女は言った。

「あなたの撮影のためにこんなに朝早くから、皆さんに集まっていただいているのよ。それに撮影内容とギャラは昨日のうちにみんな話して、あなた自身が納得したんじゃない」

ユリは唇を嚙《か》んで俯《うつむ》いていた。

「ちゃんと責任を果すのが、あなたの務めでしょう」と早乙女は高校教師のような説教を始めた。そう言えば早乙女はどことなく、女教師のような雰囲気があった。

ユリは相変わらず、赤らんだ顔で俯いていた。

「パーン」と高い音をたてて早乙女の二発目が飛んだ。

興奮のせいか、冷静そうに見えた女性マネージャーの顔もみるみる紅潮していった。

「あんたがオマンコ見せなきゃ、この撮影は終わらないのよ」と早乙女は血相を変えて、とても女性とは思えないようなことを口走った。

教室がますます、静まり返った。

「オマンコ見せなさい」と興奮状態の早乙女が叫んだ。

「ぎゃはは」とそれを聞いたカメラマンがもう我慢できないという感じで笑いだした。

限界だな、と僕は再び思った。

それはユリでも女性マネージャーでもカメラマンでも誰でもなく、これはもう間違いなく自分自身の限界なのだと……。

a.b. 3

「へえー、やっぱりそういうことってあるんだあ」と中川宏美は言った。

「いや、最近はほとんどないんだけどね」

「そういう時ってどうなるの？」

「基本的には、場所代とカメラマン、照明、アシスタント、アルバイトの日当、それと無駄になったフィルム代や交通費等の一切合財を事務所が弁償することになる」

「あらあら、それは大変」

「それで、モデルは風俗へ払い下げ。風俗も軽いのからヘビーなのまで色々あって、モデルの器量と借金額によって行き先が決まる」

「そうかあ。厳しいんだあ」

「替わりはいくらでもいるからね。本当に驚くくらいいくらでもいる」

　ユリの、撮影にならなかった撮影を終えて、僕は新宿駅から中央線の快速電車に乗って吉祥寺の東急百貨店に直行した。エスカレーターに乗って適当なフロアを大雑把に見て歩いた。久しぶりに生活の匂いを吸いこみながら、また新しい生活を感じさせる次のフロアへと上がっていったのだった。

そして、屋上で煙草を吸っている時に中川宏美に声をかけられたのである。

「一日でうまく撮影できなかった時の損害っていくらくらいになるの？」

「うーん。まあ大雑把に七、八十万くらいかなあ」

「八十万？」

「まあ、そこまではいかないかもしれないけれど、でもそれに近い金額にはなるかな」

「それが彼女に押しつけられるの？」

「普通はね。でも、タレントが逃げちゃうことも多いから、その場合は立ち会ったマネージャーの責任になることもある」

僕はユリを必死に説得する早乙女の顔とその後に彼女が取った行動を思い出して、思わず吹き出しそうになってしまった。しかし、考えてみればそれもそうなのだ。ユリが性器を見せることを拒んだことで、金銭的な被害を早乙女が被る可能性だってあるのだから。

「それでね」と僕は吹き出しそうになるのをこらえながら言った。

「早乙女さんって三十歳くらいの神経質なカマキリみたいな感じの人なんだけど、あるいはプライドの高い女性教師かな。そのマネージャーがね、ユリはもう使い物にならないでしょうから、私がお見せしますって言い出したんだ」

「ええっ？」

「私のものでよろしかったらって」

「凄《すご》いプロ根性」

「思わずみんなで顔を見合わせちゃった。でね、カメラマンがそれはちょっとなあって難色を示した。あんたのじゃ、誰も見たくもないだろうって感じで。そしたら、ちょっと失礼なこと言わないでよ、とりあえず見てから決めたらどうなのよ、って自分でさっさとパンティを下ろして椅子に腰かけようとする」

「うわあー」

「もうみんな必死。早乙女さん、頼むからそれだけはやめてくれって。性器を見せようとする女性と何とかそれを阻止しようとする男性陣。カメラマンが言うんだ、早乙女さんやめてください、そんなもの見たら、しばらくきっと飯を食えなくなっちゃいますって」

「失礼ねえ」

「それでね、何とか取り押さえたというか、思いとどまってもらって。もう蜘蛛《くも》の子を散らすように逃げ帰ってきたというわけさ」

「早乙女さん恰好《かっこ》いい。私、ファンになりそう、お友達になりたいわ。女の中の女って感じね」

「確かに早乙女さんは恰好よかった」と言って僕は声を出さないで笑った。

「それで、また精神安定剤が必要になったのね」

「精神安定剤？」

「そう。ここのことよ」

「うん、そうかもね」

「しばらく、顔、見なかったもの」

「ちょっと今日のことは色々とショックで。この仕事に対する自分自身の限界を感じちゃってね」

「なぜ？」

「それは簡単なことなんだけれど、つまりユリって女の子が泣き出した時に、容赦なくスカートをたくしあげられなかった自分に限界を感じたんだ。モデルに同情なんかしていたら、この仕事は成り立たない、そうだろう？　結局僕がストップをかけてしまった。僕のストップは撮影の中止と、それと同時にユリという女の子の将来の不安定を意味している」

「でもいいじゃない。一人の女の子が見せたくもない性器を見せることを止めたんだから」

「でもね、さっきも言ったようにそれは、今度は触られたくもない性器に触られることや、見知らぬ男とのセックスにつながっていく可能性が高いんだ。そうなったら、泣いたくらいじゃ許してもらえなくなる」

「そうかあ」と言って宏美は溜息《ためいき》と同時に煙草の煙を口から吐き出した。

「こういうモデルの仕事をやっている子というのは、色々な問題を抱えている場合が多いんだ。そのほとんどはカードによる多額の借金、中には親が借金をしている子もいるし、彼氏の借金の保証人になって逃げられたという子もいる。それを取りたてる業者が、マネージメントの事務所を使って仕事をさせて回収していく。意味、だいたいわかるだろ？」

「裏の社会ね」

「そういうこと。だから容赦はない」

「早乙女さんもその一員かしら」

「いや、彼女はどちらかというと取りたてられている側か、まったく無関係な純粋な事務員だと思うよ。だから、焦って自分のを見せようとしたんだろう」

「じゃあ、あなたのやったことは優しくはなかったわけね」

「そういうこと」

「人に優しくすることって、やっぱり難しいのね」

「特に僕みたいな軟弱な人間にとってはね。とにかく、その場しのぎの優しさというか軟弱さだから」

「でも場当たり的にでも、とにかくみんなに優しくしたいという気持ちはあるんでしょう。

それが裏目に出て、結果的に厳しいことになったとしても」

「うん、それはある。でも、その優しい気持ちはグルグルと衛星のように周囲を回り続けるだけで、結局、たいして役にたたない」

「衛星のように？」

「そう。グルグルと」

「でも、それに取り囲まれるんでしょう？」

「うん」

「私、そういう人の方が好きだな。たとえその場しのぎで自分のためにならなかったとしても、優しくされていた方がいい」

好きだな、と言った宏美の顔を見た瞬間、僕は心のどこかが疼《うず》くような感覚を覚えた。それは硬く張り詰めていた氷が、少しだけゆるむ、そんな感覚だった。

「ねえ」と僕は言った。

「うん？」と宏美は鼻にかかった軽い声を上げて僕を見た。

「よかったら、ビールでも飲みに行かない？」

「ビール？」

「うん。この近くにギネスの樽生《たるなま》を飲ませる店があるんだ」

「いいわ。オーケーよ。家に帰ったってどうせ一人きりなんだから」

宏美はそう言うと、困ったような顔で少しだけ首を傾げ、それからきゅっと唇をすぼめてみせるのだった。

2

「君の旦那《だんな》の話を聞いてからずっと考えていたことがあるんだ」

黒ビールを二杯たて続けに飲んで、三杯目のギネスを注文すると、僕は宏美に言った。

彼女はまだ一杯目のギネスを舐《な》めるようにして飲んでいた。

「君は旦那が下り電車、つまり君のマンションと逆方向に飛びこんだのが悔しいと言っただろう。でもね、僕は考えたんだ。きっとその方がよかったんじゃないかって」

「どういうこと？」

そう言う宏美の瞳《ひとみ》に一瞬、怒りの光が灯《とも》ったように思えた。

「だって、死んで魂だけ戻ってこられたら、その方が不愉快じゃないか」

宏美はその言葉を聞いて、舐めるようにして飲んでいたビールのグラスをグイッと傾けた。

そしてこうつぶやいた。

「そんなこと言われたのはじめて」

「傷つけたんだったら申し訳ない。でもね、これは僕もそうだったからわかるんだけれど、大切な人に死なれて、その事実はもう取り返しようもないし、戻ってもこない。ただね、気がついてみると誰もフランクに自分に相対してくれなくなってしまう。何かを言って傷つけることが怖いから。だから遠巻きに囲まれて、絶対に輪の中に入ってきてくれなくなる。それが、結構こたえる。だから、僕は自分が考えたことを、君にはきちんと伝えようと思うんだ。僕と君はそういう意味でちょうどいい距離にいるように思えるから」

言葉が氾濫《はんらん》しているな、と僕は思った。しかし、まあそれはそれで仕方ないことなのだとも思った。心中によって夫を失った彼女に投げかけうる言葉は、氾濫した言葉以外にはないのかもしれないと。

「私はね、それでもいいの。せめてこっちに向かって身を投げて欲しかった。惨めでも不愉快でも何でもいい。そうだったらこんなに苦しまなくてもすんだのかもしれない」

「でもね、僕の彼女は病気で死んだ。不倫をしていたわけでもなく自殺したわけでもないけれど。だけど、十分に苦しい。どちらに向かって死んだというわけでもないけれど、十分に。だから君が苦しいのは愛する人を失ったからで、それ以外のことは何も関係ないんじゃないかって思う。色々と特殊な状況が君を苦しめているように見えるけれど、結局は彼を失ったその事実だけなんじゃないかなって感じるんだ。その苦しさに理由をつけているだけじゃないかって」

「そう？」

「たぶん、きっと」

「じゃあ、どうすればいいの？」

「彼を許す」

「えっ？」

「勇気を振り絞って彼を許すんだ。何年間も友達の彼女と不倫していたことも、心中したことも、何もかもを含めて」

「何だか、精神科のカウンセリングみたい」と言って宏美はかすかに笑った。そしてこう続けた。「でも、このカウンセラーは患者と同じような状態なのよね」と。

「いや」

「いや？」

「もっと悪いかもしれない。本当のこと言うと。でも、僕は今、もしかしたら本当の優しさを手の中に入れようともがいているのかもしれないと思うことにしているんだ。そして、もしかしたらそれは君にも同じことが言えるのかもしれない」

「私にも？」

「そう」

「どういうこと?」

「憂鬱《ゆううつ》の中から生まれてくる優しさ」

「憂鬱の中から?」

「そう。その中からしか生まれてこない、苦しみもがきながら、身をよじるように、体の一部分がねじきれるような痛みの中からしか手にすることのできない優しさ」

「私も?」

「そう、君も。それを手にするためにこんなに苦しんでいる。でももしそれを手にすることができれば、この苦しみは無駄にはならない。そうだろう?」

僕が宏美の目を見ると、彼女は静かに俯《うつむ》いた。そこで会話が途切れた。宏美は黙りこんでギネスを飲み、メンソールの煙草を吸った。店は若者たちで賑《にぎ》わい始めていた。

「アジアンタムブルーを乗り越えた株だけが、冬を越え、活《い》き活《い》きと生きていく。そうなればこっちのもので、その後は二度とアジアンタムブルーは訪れない」

「そう?」

「これは死んだ彼女の言葉そのまま」

エルトン・ジョンの〝ユア・ソング〟が流れていた。僕がポリスを入れたまま出かけると、いつの間にかCDプレイヤーにセットされていた曲だった。だから、ポリスを聴くつもりで僕は何度もこの曲を聴く羽目に陥った。そしてだんだんとこのバラードが好きになっていった。きっと、葉子も〝ユア・ソング〟を聴こうと思って何度もポリスを聴くことになってしまったのではないかと思う。そして、葉子もおそらくは僕以上にポリスが好きになっていった。それが二人で暮らすということの意味だったのかもしれない。

「〝ユア・ソング〟」と宏美は口の中で言った。

「そう。僕の歌は君の歌ってほとんど最悪の翻訳というか、邦題だよね。〝ユア・ソング〟のままの方が遥《はる》かにいい」

「それはそうね。じゃあ、邦題の傑作って何かしら」

「〝抱きしめたい〟かな？」

「〝アイ・ウォナ・ホールド・ユア・ハンド〟」

「そう。僕が訳せばどんなに頑張ったって〝手を握り締めたい〟だもんなあ」

「そうかあ、〝抱きしめたい〟はなかなか出てこないわね」

僕はずいぶん昔に、誰かとまったく同じような会話をしたことがあるような気がした。どこで誰とだったかはうまく思い出せなかったが、そういえば場所もこのようなカウンターのパブだったような気がしたし、黒ビールを飲みながらブルーチーズを齧《かじ》っていたようにも思えた。

「私を抱きたくない？」と宏美は言った。

「うん？」

「私、彼が死んで、三年もセックスしていないの。山崎隆二とは怖くてできないけれど、R.Y.とだったらできるような気がする」

宏美の瞳は蠟燭《ろうそく》の炎を見つめている時のような、妖《あや》しい光を湛《たた》えていた。カウンターの下で組んだ脚を、宏美はゆっくりと組み換えた。

「欲情しているの？」

「うん、きっと。山崎隆二にではなくてR.Y.に」

「でも、僕はもうR.Y.じゃない」

「なら、山崎隆二でもいい」と宏美ははっきりと言った。

「だって、あなた、方向音痴で軟弱なトマホークなんでしょう？」

「誤爆しろと？」

「うん、思いっきり誤爆して」

だんだん、宏美の言っていることがどこまで本気なのかわからなくなっていた。そうやってとまどう僕を、宏美は悪戯《いたずら》っぽい目で見ていた。彼女の体から、ほのかな香水の香りが漂ってきて、それが僕をどぎまぎさせた。

エルトン・ジョンの歌が終わろうとしていた。

「〝ユア・ソング〟。僕の死んだ彼女が好きでね」

「素敵な歌だもの」

「僕はいつも昼過ぎに起きるんだけれど、その時彼女はたいてい仕事に出かけてしまっている。コーヒーを淹《い》れてね、それで〝ユア・ソング〟を僕の好きなCDに入れ替えるのが、起きてまず最初にすることだった。そしてパンとチーズを齧って、それから聴いたCDを〝ユア・ソング〟に戻して家を出る」

「優しいのね」

「優しいというか、僕はそういう風にしか〝君を愛している〟ということを伝えることができなかったんだと思う。日常の中で、そういうことをちょっとずつ積み重ねて。そういうことでしか僕はその思いを表現することができなかったんだ」

「彼女は理解してくれた？」

「おそらくは」

「あなたが彼女を愛していることを」

「そう」

「毎日CDを入れ替え続けたことで？」

「そう。そうやって少しずつ」

「最後は十分に？」

「うん。きっと十分に」

宏美の瞳がバーのほの暗い光を反射していた。やがて集められた光がひとつの粒になって、彼女の頰を走っていった。

「ごめんなさい」と宏美は言った。

カウンターに突っ伏した彼女の肩が細かく震えていた。

そしてその姿勢のままでもう一度、宏美は声を絞り出すように言った。

「あなた、本当に、ごめんなさい」と。

3

けたたましい電話の音で目が覚めた。

僕はベッドから起き上がり、ジョエルマの頭を軽く小突いてから、リビングに向かった。

時計は午前十時を指し示していた。

「山崎さんですか？」

受話器の向こうから聞き覚えのない、女性の声が零《こぼ》れてきた。

「はい」

「早乙女です」

「えっ？」

「マネージャーの早乙女です」

「ああ、昨日はどうも」

「どうしても、山崎さんにお願いがありまして、失礼かとは思いましたがお電話いたしました」

「どういうことですか」

僕は煙草に火を点《つ》けながら応《こた》えた。昨夜のアルコールはきれいさっぱりどこかに消え失《う》せて、頭は自分でも驚くくらいに爽快《そうかい》だった。

「あの、こんなことはルール違反であることは百も承知ですし、こんなことをお願いできる立場にないことは十分にわかっています」

「はあ」

「もう一度だけ、彼女を、阿部《あべ》ユリをモデルに使っていただけないでしょうか。本当にわがままで勝手なお願いですが」

僕は何も言わずに煙草の煙を胸の奥まで吸いこんだ。物凄《ものすご》いスピードでニコチンが体を循環し、頭がクラクラした。

「今度は必ず、性器を露出させます。本人によく言ってきかせました。先日の損金は当方がすべて負担いたしますので」

「でも、彼女、泣いていたじゃないですか」

「はじめてのことだったので、緊張したんだと思います」

「いや、僕が言いたいのはそうではなくて、彼女自身にそういう生き方をしていく決意があるのかどうかっていうことなんです。他人に自分の性器をさらすのは、それは大変なことです。屈辱的だし決心もいります。だから、ギャラもそれなりのものが支払われる。そういう業界のルールを彼女が理解してくれているのかどうかなんです。肝心なことは」

僕は両脚を肘掛《ひじかけ》にかけたまま、どうしてもスカートをたくし上げることができずに泣き出してしまったユリの表情を思い浮かべた。緊張にガクガク震える太股《ふともも》の豊満さと、目に染みるような清純な肌の白さ。その上を縫うように這《は》い回っていた、青い血管。

「お願いします」と早乙女は言った。その声はずいぶんと切羽詰まったものに聞こえた。

「どうしてですか？」と僕は訊《き》いた。

「早乙女さん、どうしてあなたはそんなに彼女をかばおうとするのですか？」

「可哀相なんです」

「可哀相？」

「なぜかわかりません。私の事務所はご存じのように常時百人ものモデルが出入りしています。でも、なぜか彼女だけは風俗にやるのが可哀相なんです。これが正直な気持ちです。

ごめんなさい、それ以上の理由はうまく言えません」

早乙女の声がか細く震えていた。ユリの頬を引っぱたいて、性器を見せなさいと叫んだ強い印象とはずいぶんと違っていた。

優しい人なんだな、と僕は思った。掃いて捨てるほどいるモデルの、そのたった一人の女性の身を案じて、電話の向こうで僕に頭をこすりつけんばかりに頼みこんでいる。

「あのですね」と僕は言った。

「はい」

「あなたが、おっしゃりたいことは何となくわかりました。とりあえず、これから会社に行って昨日の写真の上がりを見てみます。もしかしたら、そのまま使えるかもしれない。案外、性器を見せずに泣きながら震えている彼女の表情の方がそそるということもあり得ますから」

「私がお見せするより？」

「その通り」

「ハハッ」と早乙女ははじめて小さな笑い声を上げた。

「もし誰も止めなかったら」

「はい？」

「あなた、本当に出すつもりだったんですか？」

「もちろんです。私程度のものであの場が収まるんでしたら」

早乙女はためらいもなく、そう断言した。

逆上した早乙女がユリに向かって叫んだ言葉を思い出して、僕は吹き出しそうになってしまった。とにかく早乙女は何かに必死だった、だからこそなお滑稽《こっけい》でもあった。

「まあとにかく写真を見て、使えるようならばもちろん損金は発生しません。でも、それでは彼女に勘違いが生じるといけないので、もう一度、きっちりと撮影しましょう。それでどうですか？」

「ありがとうございます」

「どういたしまして」

「ユリにはよく言って聞かせます。こんなことは絶対にこの業界ではあり得ないことなんだと。山崎さんがあなたの人生を救ってくれたんだと」

「借金ですか？」

「はい。あの子の場合、彼氏に騙《だま》されちゃって。田舎から出てきたばっかりなのに」

「どのくらい？」

「約五百万です。それと彼女自身の借金二百万」

「それはひどい」

「ひどい男は、一杯いるんです。ここで働いているとそれがよくわかります。気の毒な女の子もたくさんいます。申し訳ないけど、使い物にならないような子も」

「ふーん」

「でもまあ、みんなそれぞれの人生ですから」

「そうですね」

「結局は結構たくましく生きていきます。でも、あの子にはそれが感じられなかったんです、なぜか。だから、私の立場ではこんなことをしてはいけないんですけど、しかし、仕事に徹するのも限界があります」

「そうですか」

「年齢のせいかもしれませんけど、見ていられなくなることがあって」

「でも、それでいいのかもしれません。早乙女さん、これだけは言っておきたいんですけど、ユリちゃんの人生を救ったのは僕じゃありません。これから先、そんな予定もないし。もしそれをした人がいるとすれば、あなただと思います」

胸のつかえがおりたような気持ちだった。何よりも嬉《うれ》しかったのが、あの時、あの瞬間に限界を感じていたのが自分だけではなかったのだと思えたことだった。早乙女のユリを救おうとする気持ちが、自分の何かを救ってくれたように思えてならなかった。

昨夜、あれからどのくらい飲んだのかを考えたのだが、記憶は乳白色の池の中に沈みこんだようで、何も思い出すことはできなかった。中川宏美と三時間か四時間は二人で飲んでいたのだと、それだけはかすかに覚えている。

何回目かのトイレから帰ってくると、カウンターにあるはずの彼女の姿が消えていた。十分、二十分と待っても彼女が戻ってくることはなかった。

仕方なく僕は新しいギネスを注文した。するとすっかり顔を覚えてしまった、気の弱そうなバーテンが僕にこう言った。

「ご新規ですか?」

「えっ?」

「これまでの分は連れの方がお支払いになられましたよ」

僕は新しいギネスを飲みながら予感していた。それは予感というよりも確信に近い形で僕の体をやがて埋め尽くしていった。

「彼女はもう戻ってこないだろう」

僕はそう口に出してみた。

「そして、これから何度、東京中のデパートの屋上に行ったところで、二度と会うことはないのだろう」

なぜだろう、そう思うことに僕は何のためらいもなかった。

僕を数々の苦しみから救ってくれたヒロミが突然その姿を消してしまったように、中川宏美も今、僕の前から忽然《こつぜん》とその姿を消した。ヒロミが二度と蘇《よみがえ》らないように、中川宏美もきっと二度と僕の前に戻ってくることはないのだろう。

それでいいのだ。

僕は自分の力を振り絞って、自分の力でこの憂鬱《ゆううつ》の中から何かを見つけ出すしかないのだから。


僕の部屋にはじめての水槽が届けられたのは一九九一年九月三日の午後のことだった。よく晴れた秋の日曜日で、マンションの西側の窓からは秩父《ちちぶ》の山並みと、遠くにはくっきりと富士山が見渡せた。

僕はとりあえず巨大なアングルの組み立て作業から始めた。デパートで見るよりも九十センチ水槽は遥かに大きく、頼もしかった。一時間近くもかけてアングルを組み立て終わると、体中から汗が噴き出してきた。

僕は冷蔵庫から缶ビールを取りだし、それを開けた。明るいうちからアルコールを口にすることには、割と神経質な方だったが、心地よい汗がためらいを振り払ってくれていた。

それから、底砂といわれる小石をバスルームに運んでごしごしと洗った。洗っても洗っても水が茶色く濁るのには閉口した。そして二十キロという量にも驚いた。でも、僕はしゃがみこんで米を研ぐように、二時間以上もかけて石を研ぎ続けた。終わると、汗だくになっていたのでそのままシャワーを浴びて、葉子が使っていたシャンプーの残りで髪を洗い、そしてまた新しいビールを開けた。

この部屋に新しい水溜《みずたま》りを作るのだ、と僕は思った。自分自身のための水溜りを。

窓を開けると、秋の乾いた風が吹きこんできた。僕はしばらく部屋では聴いていなかったキース・ジャレットの〝フェイシング・ユー〟をかけ、ビールを飲み、煙草をくわえながら水槽の組み立て作業を続けた。

濾材《ろざい》を洗い、外部フィルターに詰めこんだ。ドイツ製のフィルターの蓋《ふた》がなかなか閉まらなくて、大苦戦した。蓋の隙間に水が漏れないようにゴムのパッキンを嵌《は》めこまなければならないのだが、蓋を閉めるのとゴムを咥《くわ》えこませるのを同時にやらなければならず、そのタイミングが難しい。何十回も蓋を閉め、ゴムがうまく噛《か》んでいないことに失望してまた開ける、それをひたすら繰り返した。

イライラしたが、でもそれもまた楽しかった。

そしてバスルームから石を運び、アングルの上に載せた九十センチ水槽の底に敷き詰めた。それからサーモスタットとヒーターをセットし、酸素ポンプをセットし二酸化炭素を強制注入する圧力ボンベとそれを受け取るガラス管を取り付け、蛍光灯をセットした。子供がプラモデルを作る時のように、ひたすら作業に熱中した。

それまでに何時間が過ぎていたのだろうか。近くの教会から午後六時に鳴らされる鐘の音が聞こえてきた。いつの間にか日が暮れていたので、ためらうことなく冷蔵庫から新しいビールを取り出し、ゴクゴクと喉《のど》を鳴らして飲んだ。

だいたいのセッティングは終わった。

僕はセットした機具に間違いがないかを、何度も説明書を読んで確認した。

それから、いよいよ水の注入である。

あらかじめ買っておいたホースをキッチンの蛇口に嵌めこみ、九〇センチ水槽に伸ばした。そして、ゆっくりと栓をひねる。

水はホースを走りぬけて勢いよく水槽内に飛びこんでいった。温度計をセットするのを忘れていたことに気がつき、水槽のガラスに慌てて取りつけた。

あとは少しずつ水が溜まっていくのを座って眺めているだけだった。

〝リトゥーリア〟が流れ始めた。胸を締めつけるような情緒的な旋律だった。僕はワインの酔いでよろよろとした足取りで、西荻窪駅方面に歩いていく沢井の後ろ姿を思い浮かべた。足元をふらつかせながら、闇の中に吸いこまれていった沢井。何年もの時間をかけながら、失った愛妻のその大きな部品を欠いたまま、それでも何とか自分を組み立て直していった沢井。

結局、人間は孤独なものなのだ、とその後ろ姿は語っているように思えた。

やがて、水槽が水で一杯になった。

フィルターとサーモスタットと蛍光灯のスイッチを入れた。注入されたばかりの水の中を、蛍光灯の白い光が走った。水は水槽のガラスの内側や底砂に付着していた埃《ほこり》が原因で、みるみる白濁していった。

それでも水がゆるやかに回っているのがわかった。スポンジフィルターのついた吸水口から吸いこまれた水は、外部フィルターの濾材の中を通り、ポンプで押し上げられて水槽内に戻っていく。その循環が二十四時間、果てることなく繰り返されるのである。

僕は空っぽの水槽を眺め続けた。

魚も草も何もない白濁した水だけの初期水槽。見ようによっては幻想的で、ある意味では虚《うつ》ろな何もない水槽。フィルターから戻ってきた水が勢いよく水槽内に流れこみ、水泡が規則正しく右から左へと流れていた。動いているものはそれだけだった。

僕は休日の大半をかけて部屋に大きな水溜りを作った。

煙草を吹かし、ビールを飲みながら、僕は何時間も何時間もそれを眺めていた。

水は白く濁り、水槽の中は驚くくらいに何もなかった。これから、この中を少しずつ埋めていくのだ。

水泡の動きは教えてくれた。本当にわずかな流れかもしれないけれど、今、確実に水は回り始めているのだということを。

4

葉子が撮影に出かけた旅先から電話をかけてくるのは、はじめてのことだった。しかもそれは自宅にではなくて、文人出版にかかってきたのである。

近くの喫茶店で打ち合わせをすませて編集部に戻ると、入ったばかりのデザイナー野口早苗が教えてくれた。

「先ほど、続木さんという女性からお電話がありました。金沢にいらっしゃるそうです。また後で向こうから電話をすると言っていました」

それを聞いた瞬間に小さな胸騒ぎがした。

一時間後にまた電話が入った。

「もしもし」と僕は言った。

「隆ちゃん」

「どうした。何かあったの？」

「金沢の街を歩いていたら、急にお腹が痛くなっちゃって。気を失って、救急車で病院に運ばれたの。今、金沢中央病院」

「大丈夫？」

「今日の夜、手術だって」

「えっ、手術？」

「うん、CTスキャンで調べられて、緊急手術らしい。どうしよう」

「わかった。これからすぐにそちらに向かう」

「助けて」

「頑張れよ。どこが悪いんだ？」

「わからない。とにかくお腹が痛いの」

「今から最短の方法で向かうから」

「金沢中央病院」と最後にもう一度その病院名だけを告げると、電話は切れた。ガシャンという金属音を聞いた瞬間に、背筋に悪寒が走り抜けた。

小松空港へ向かう飛行機はどの便も満席で、相当に確率の低いキャンセル待ちということだった。オペレーターに事情を説明したが、残念ながら保証はできないと繰り返されるばかりだった。上越新幹線の越後湯沢で乗り換え日本海沿いを走っていく、というのが次善策。それで行けば何とか午後十一時には金沢に着く。僕は沢井に説明をして会社を飛び出し、千駄ヶ谷駅から東京駅に向かい、そして上越新幹線に飛び乗った。

窓の外に広がる、タールを敷きつめたような真っ黒な海を僕は眺めていた。越後湯沢発金沢行きの「はくたか20号」は日本海を舐《な》めるように走り続けた。

海は黒く暗く、そして荒れていた。

大きな波が海岸線に打ち寄せられるたびに、この九両編成の電車が飲みこまれてしまうのではないかと錯覚を起こすほどだった。

僕は缶コーヒーを飲みながら考えていた。

葉子にいったい何が起こったというのだろう。わずか三十秒ほどの電話の中に詰めこまれた情報から得られる、ありとあらゆる可能性を僕は探り続けた。

腹痛から緊急手術。その最も単純な図式は盲腸だろうし、まあそれ以外には腸捻転《ちょうねんてん》、腸《ちょう》閉塞《へいそく》、胃潰瘍《いかいよう》や十二指腸からの出血、または腹膜炎。僕が思いつく病名はそのくらいがすべてだった。

胸がざわざわとざわつき、どうしてもそれを抑えこむことができなかった。僕は電車の窓に額を擦《こす》りつけるようにして、漁船の灯《あか》りだけがポツポツと点在する海を見つめていた。風が吹き、雲が流れていった。その雲の隙間から磁器のように白い、生まれたばかりの月が現れた。その月を見た瞬間に僕の心のざわめきはますます募った。

なぜだろう？　あんなに初々しい月なのに。

そして僕は思った。

それは葉子が倒れたということではなくて、このあまりにも暗い海のせいなのだと。このタールのような不吉な色をした海が僕の胸をわけもなくざわつかせているだけなのだと——。

窓に額を擦りつけ、僕は煙草を吸うのも忘れて、必死に自分にそう言い聞かせていた。

葉子は金沢中央病院の四階の小さな個室で眠っていた。小さいけれども、よく清掃が行き届いた清潔な部屋だった。部屋の中央にベッドがあり、その脇のスタンドに透明な点滴の瓶がぶら下がっていた。

僕はベッドの横に置かれた丸い椅子に腰かけて、透明な瓶の中をポタポタと落ちていく薬を数えていた。一分間に二十滴の速度で、薬は瓶から葉子の体に流れこみ続けていた。それくらいしか、やることは思いつかなかった。

葉子は真っ白な顔をして眠っていた。その姿は葉子というよりも、葉子に似せて作った蠟《ろう》人形のようにも思えた。顔につけられた酸素マスクの中がくもっていた。それは葉子が呼吸を繰り返している証拠で、言い替えればそれだけが葉子が生きていることの証《あかし》のようなものだった。

ただ、ここが集中治療室でもないし、呼吸数や脈拍数をデジタルで常時知らせる機械が置いていないことが僕の気持ちを少しずつ落ち着かせていった。おそらく手術は成功し、そしてそんなに深刻な状態ではないことが推察できたからである。

時計の針は夜の十一時半を指していた。

明日、花を買ってこようと僕は思った。清潔ではあるけれど、ここはあまりにも殺風景だった。僕は二時間ほど葉子の横で点滴を数えながら腰かけていて、お見舞いに花を贈ることの意味が生まれてはじめて理解できたような気がした。

白川という名の若い看護婦に呼ばれて僕はナースステーションに行った。そして、そこで名前と住所と職業などを所定の用紙に書きこんだ。

「患者さんとはどういう御関係ですか」と白川は用紙に目を落とし、ボールペンを指の中でクルクルと器用に回しながら訊《き》いた。

「恋人かな」と僕は頭を掻《か》きながら言った。

「恋人ですか」と白川はまん丸の目を、ますます丸くしながら僕を見た。

「一緒に暮らしているんですが」

「婚約とかは」

「いえ。まだ」

「そうですか」

「容態はどうなんですか」

「だから、それを話していい場合と駄目な場合があって、失礼ですけどそのために立ち入ったことを訊いているんです」

「それはそうですよね」

「ただまあ、腹部に出血がありまして、それを除去したということですね。心配はいらないと思います。明日の朝、担当の先生に訊いてみてください。ただ、御夫婦でも婚約者でもないと詳しいことはわからないかもしれませんが。それと今夜はどちらにお泊まりの予定ですか」

「病室に付き添っていてはまずいですか？」

「それも決まりがあるんです」

「恋人じゃだめですか」

「規則では」

それもそうだよな、と僕は思った。親戚《しんせき》や夫婦とは違って、僕らが本当に恋人なのかどうかを他人が窺《うかが》い知る方法はないのである。それを証明する手段もない。僕と葉子は法律や病院の規則からすれば限りなく無関係に近いのだ。手をつなぎ抱き合っていれば、他人にも二人は恋人であることはわかる。しかし一人が倒れ意識を失った瞬間にその関係は突然あやふやなものになってしまうのだ。

「彼女が麻酔から醒《さ》めた時、一人では心細いだろうから、一緒にいてあげてはまずいですか？　それに僕は彼女から電話を受けて東京からここまできたわけで、そうじゃなければ知りようがないんだから」と僕はそれでも一応食い下がった。

「患者さんは何と？」

「助けて、と」

「そうですか」と白川は小さく溜息《ためいき》をついた。彼女の手の中でクルクルと回っているボールペンがスピードを上げた。

「じゃあ、いいでしょう。今夜は患者さんの側にいてあげてください」

白川は目を伏せたまま、そう言った。

「ありがとうございます」と彼女が自分の権限以上のものを行使しているのだろう、と推測しながら僕は頭を下げた。

「いいえ、どういたしまして」と白川は輝くような笑顔を見せた。

腹部の出血の除去。

僕が葉子の手術について知りえたことは、結局のところはそれだけだった。

葉子は金沢の街をいつものように水溜りを探しながら歩いていたのだろう。そして、突然の腹痛に襲われて倒れこんだ。どうすることもできない激痛が、か細い体の中を走り抜けた。そのまま道路の脇に倒れこみ、たまたま通りかかった人が救急車を呼んでくれた。その救急車に乗せられて、この病院に運びこまれた。ＣＴスキャンによって腹部に大量の出血が確認され、緊急手術。手術前に寝かされていた病室で、何とか電話をかけて僕にＳ

OSを発信した。それが精一杯だったのだろう。

麻酔をかけられ手術室に運ばれて、開腹。出血を除去して、そのままここで眠っている。

おそらくはそういうことなのだろう。

強烈な一撃によってリングに沈められたボクサーのように意識を失っている葉子。自分の身に何が起こっているのかもほとんどわからないまま、眠っている葉子。自分が生きているのか死んでいるのかさえ、今の彼女には十分に理解することができないのだろう。

空が少しずつ白みはじめ、やがて何もかもが白で埋め尽くされた病室に朝陽が射しこんできた。カーテンの隙間から射しこむ光は、点滴の透明な液体の中を通りぬけて、葉子を包みこむ白い毛布の上に降り注いでいた。その光は葉子の体の上でゆらゆらと不安定にゆらめいていた。

僕と君の間にある隙間はいったい何なのだろうかと僕は思った。どんなに体をきつく重ね合わせても、埋めることができない隙間。その隙間に思いを馳《は》せることが愛するということなのかもしれないと、いつか僕は葉子に話したことを思い出していた。

そして、麻酔で眠らされた君の横で僕はその隙間について思いを巡らせている。

君の身にいったい何が起こったというのだろうか。何が起こって、そして何が起こらなかったのだろうか。

ただ酸素マスクをつけられて意識を失って君が眠っているという現実以外には何もわか

らない。

君が話すことも動くこともできなくなってしまえば看護婦に証明することもできない二人の関係。

それでもいいのだと僕は思う。何を証明する必要があるというのだろう。僕が君との隙間を思い、そして君が僕との隙間を思う、それ以上のいったい何が必要だというのだろうか。

花を買いに行こう。あと二時間もしたらきっと街が目覚め、動き始めるだろう。そうしたら一番に花を買いに行こう。

この部屋は何もかもが白すぎる。ベッドもシーツもタオルも毛布も壁も天井もライトもドアも横たわる葉子の顔も。

そして、おそらくは僕たちの運命も。

5

葉子が麻酔の長い眠りから目覚めたのは午前八時を少し回った頃のことだった。七時過ぎに医者が来て、簡単に様子を見て酸素マスクをはずしていった。葉子はしばらく苦しそうに空嘔吐《からえずき》を繰り返し、僕が手を握ると驚くほど強い力で握り返してきた。

「隆ちゃん？」と葉子は言葉を絞り出すようにそう言った。

「葉子」

「助けにきてくれたのね」

「ああ。もちろん」

「あのね」と葉子は泣いている子供が、必死に息をつぎながら話をする時のような感じで一言一言を区切りながら言った。

「赤い月の夢を見たの」

「いつ？」

「ずっとよ。ずっと赤い月の夢を見ていた」

葉子は懸命に口を開き、僕に向かって眠っている間に見た夢の話をしようとする。僕は葉子の額を撫《な》でながらそれを聞いていた。今、君がいるここは現実の社会で、その現実の中に君は横たわっているんだよ、と。

「赤い月。一人で見ていた」と言う葉子の瞳にみるみる涙が溜まっていった。

「海辺に座って、一人きりで見ていた」

「それはただの夢だよ」

「私、きっと死ぬんだわ」

「どんな形の月だった？」

「真っ赤な満月」

「ね、だからそれはただの夢なんだ。僕が昨日の夜、電車の中から見た月は磁器のように白い三日月だった」

「夢？」

「そう、ただの悪い夢」

　僕がそう言うと葉子は少しだけ安心したように溜息を漏らして、目を閉じた。

　それから二時間、僕は葉子の横に座って話もせずにただ様子を眺めていた。葉子はうつらうつらと眠ったり、はっと覚醒《かくせい》したりすることを繰り返していた。目を覚ますたびに、うつろに目を泳がせて僕の姿を捜し、それを見つけると安心したようにまた目を閉じた。

「花を買ってこようかと思うんだけど」と葉子が比較的長い覚醒状態にある時に僕は言った。

　葉子は何も言わずにうなずいた。

「他に何か欲しいものは？」という問いには何も言わずに首を横に振った。

　僕は病室を出てナースステーションに入り、そこにいた看護婦に葉子がこれから必要なものを訊《き》いた。中年の看護婦は丁寧に、一覧表のようにしてそのリストを作ってくれた。

僕はスーパーマーケットの場所を訊き、そのリストを手に必需品の買い物をした。歯ブラシ、歯磨き粉、石鹸《せっけん》、シャンプー、タオル、下着、パジャマ、等々をだ。

女性の下着を買うのははじめてのことだったが不思議に抵抗はなかった。

それらを一度、病室に持ち帰った。花よりも必要なものはいくらでもあるのだ。

それから再び街に出て、本屋を捜し、鳥の図鑑と植物の図鑑を買い、CDウォークマンを買って〝ユア・ソング〟の収録されているエルトン・ジョンのベストCDとビートルズの初期のラブソング集とポリスのベストCDを買った。そして花を買って病室に戻った。

荷物を抱えて廊下を歩いている時、看護婦の白川から声をかけられた。執刀医が病状の説明をしたいと言っているというのである。回診で葉子を見回った時に、自分のことは包み隠さずにすべて山崎に告げて欲しいと要望されたということであった。

僕は買い集めたものをすべて病室の隅に置き、眠っている葉子を残して執刀医の待つ診察室へと向かった。

わけもなく僕の胸は高鳴った。

「山崎隆二さんですね」と僕と同い歳くらいの医者は言った。

「失礼ですが二人のご関係は」

「東京で一緒に暮らしています」

「御夫婦ではない？」

「はい」

「その予定は？」

「今のところは」

「彼女の御両親は？」

「新潟にいるはずですが、離婚していてしかも母親は亡くなっています。父親とは十年以上も絶縁状態と聞いています。姉がいますが、なかなか連絡が取れない状況のようです」

医者は僕から聞いた言葉をボールペンでさらさらと書き留めていた。

「ではあなたが最も肉親に近い人といってもいいのでしょうか」

「まあ、遠い親戚《しんせき》はいると思いますが、付き合いがあると聞いたことはありません」

「そうですか」と医者は言うと振り向いてはじめて僕と向きあった。

その瞬間に、小さな稲妻の光のような衝撃を感じたが、その理由はわからなかった。

「手術は成功して、今のところ患者さんの容態は安定しています」

「ありがとうございます」

「ただですねえ」と言うと医者は忙《せわ》しく手の中でボールペンを回した。

それを見ながら僕は、金沢の医療関係者の間ではボールペン回しが流行《はや》っているのかな、と思った。

「ただ？」と医者の指先を眺めながら僕は訊いた。

「はっきり言いましょう。患者さんは癌性の腹膜炎なんです」

「癌性?」

そのあまりにも邪悪な響きに、僕の言葉は震え、声が裏返りそうになった。

「とにかく早めに東京に戻って、精密検査を受けさせてあげてください。私が言えるのはここまでです」

「癌性って、癌ってことですか?」

僕がそう訊くと医者は何も言わずにうなずいた。そして押し殺したような声で言った。

「それも、相当に手遅れの。彼女の出血は腹膜に転移した癌からのものです」

努めて淡々と話す医者の言葉に僕はどう反応したらよいのかさえもわからなかった。カメラのシャッターが下りた瞬間のように、僕に見えてきたはずのもの全部が真っ暗になった。

葉子が癌。

それも、相当に手遅れ。

腹膜に転移した癌からの出血。

僕は医者から伝えられた言葉をひとつひとつ頭の中で再構築してみた。この下ろされてしまったシャッターは、もしかしたらもう二度と上がることはないのかもしれない。それがこの医者が僕に伝えたいことなのだろう。

医者は東京の病院への紹介状を書いてくれた。それは僕もよく知っている新宿にある大きな総合病院だった。

医者は僕に名刺を手渡した。

あまりの事態の急転と、葉子が抱えてしまった運命の苛酷《かこく》さに僕の頭は激しく混乱していた。

「金沢中央病院内科局長　医学博士　笠井信二」と名刺には記されていた。

僕はその名刺を見て、そして医者の顔をもう一度見た。その瞬間に、僕が彼を見た時に体の中を走りぬけていった稲妻の意味を理解した。

笠井信二。僕はもう一度、名刺に目を落とした。

何の変哲もない一枚のカードが、僕の手の中でブルブルと震えていた。

笠井信二、それは中学時代のバスケットボール部の、そして僕を万引きに誘いこんだ同級生の名前だった。笠井はそのまま転校してしまって、その後どこに行ったのか噂すらも流れてこなかった。その笠井が二十年振りに僕の前に座っていた。そして、僕に向かって恋人の癌の宣告をしていた。

何ということだろう、と僕は思った。

なぜお前は平穏に生活している僕の前に現れて、僕の人生や価値観を根底から覆すような試練を与えるのだろうか。

笠井は机に向かって相変わらずボールペンを回していた。その軌跡を眺めながら、僕は確信に近い予感に総毛だつような戦慄《せんりつ》にとらわれていた。

葉子は死ぬ。

僕は確信した。

葉子は死ぬ。

きっと抵抗はできない。

二十年前と同じように、そのために笠井は僕の前に姿を現し、そして再び立ちふさがろうとしているのだ。

「葉子？」

「うん？」

「本当に悪いけれど、どうしても今日中に一度東京に戻らなきゃならないんだ」

笠井に癌を宣告された翌朝、眠りから覚めた葉子に僕は言った。

「うん」とうなずいた葉子の目に涙がみるみる溜《た》まっていった。

「出張校正だもんね」

「そうなんだ」

葉子は全身に力をこめて、必死に我慢していた。その意志とは裏腹に涙だけはコントロールできずにガラス玉のようにポロリと零《こぼ》れ、頬を伝わり枕の上に落ちていった。

「出張校正だけは、僕がいなければ本が出なくなってしまう」

「わかってる」

　葉子は僕がいなくなってしまう不安に唇を噛《か》み締めて耐えていた。

「二日間は仕方ない。でも三日後には戻ってくるから、そうしたら一緒に東京へ帰ろう。三日後には退院できるそうだ。腹膜が出血していてね、それを止めたそうだ。開腹部分も凄《すご》く小さいからすぐに回復するって医者が言っていた。早ければ二日で歩き回る人もいるそうだよ」

「うん」

「だからのんびりと鳥の図鑑でも見ていればいい。出張校正が終わったらすぐに迎えに来るから東京へ帰ろう。この病院も街も皆親切なんだけれど、なんだかここはいやだ。いやな感じがするんだ」

「うん」

　泣き出した子供と同じで、何を言っても「うん」という返事しか返ってこなかった。

「水溜りは見つかった？」

「うん。見つかったよ」

「うまく撮れたかい？」

「たぶん」

「青空が映っていた？」

「うん」

僕は葉子の髪を撫《な》でた。すると、葉子は手術をして以来はじめて、子供のような無邪気な笑顔を見せた。

「ポピー」

葉子は窓際の小さなテーブルの上に置かれた花を見てそう言った。この部屋の中で、ただひとつ色を持っていることを誇るかのように、ポピーが花瓶の中で咲いていた。

「でも、切り花は死んでいるのよね」

「僕も切り花は好きじゃない。でもこの部屋はあまりにも殺風景すぎるから」

「ポピー、きれい」そう言って、花から目をそらして葉子はこう続けた。

「死ぬってわかっていても、ポピーはきれい」と。

「引越しをしようか」と僕は葉子の左手を握り締めて言った。

「引越し？」

「この指輪を」と葉子がいつも左手の中指に嵌《は》めている指輪を握り、薬指を指して言った。

「こちらの指に」

そうしないと医者は容態を僕に説明することもできないし、君の横で看病してやることすらできないかもしれないんだ。僕と君はただ仲のよい無関係な人間同士ということでしかなく、そのことについて説明する言葉を僕はほとんどひとつも持っていない。それは、自分が思っていた以上に不安定で不確定で曖昧《あいまい》で、僕と君のどちらかが何らかの事情で意識を失った瞬間に煙のように消えていってしまうようなものなんだ。

何の気配もなく音もたてずに、本当に不意に煙のように。

もちろん、それでいいと僕は思っていたし、君もそうだろう。僕たちは婚約も結婚もしなくたって、十分に幸せにうまくやっていくことができた。だから、その必要もなかった。

でも、今は事情が変わった。

大きく変わってしまった。

葉子がコックリとうなずいたように僕には見えた。それは、ただそう見えただけなのかもしれない。葉子は安心したように目を閉じると、そのまま寝息をたて始めた。

僕は静かに部屋を整理して、葉子の手の届く場所に鳥と草木の図鑑とＣＤウォークマンを置いて病室を出た。扉を開けて振り返ると、白いカーテンの隙間から午後の淡い光が射しこんでいた。その光と影によって作られる白い陰影の中に、葉子は静かに横たわっているのだった。

「そんなことってあるんだ……」と高木は煙草を吹かしながら言った。出張校正室から抜け出して入った近くの喫茶店でのことだった。

僕はとにかく洗いざらい、すべてを高木に打ち明けた。葉子が倒れてから僕が体験したことのすべてを話した。

担当医の話になった時、高木は驚きを隠しもしないで大きな声を上げたのである。

「中学時代に一緒に万引きで捕まったやつが、金沢で医者になって、二十年振りにいきなり山崎さんの前に現れた」

「そうなんだ」

「しかも、葉子ちゃんが癌だと?」

「うん」

「それは間違いないんですか?」

「いや、わからない」

6

「とにかく早く東京へ戻して大学病院に連れて行く、とりあえず今はそれしかできることはないでしょう。僕も心当たりを探してみます、とにかく諦《あきら》めないことですよ」

「笠井が僕の前に現れた時、背筋が凍るようないやな予感が走った」

「それはそうでしょう」

「それは本当に、口では言い表せないような悪寒だった。申し訳ない。高木さんにしかこんなこと打ち明ける相手がいなくて。でも、少し気持ちが軽くなったよ」

「心当たりはあったの？」

「食欲はなかったな。極端に」

「でも、葉子ちゃんは前からあんまり食べなかったしなあ」

「そうなんだよな」

「まあ、あまり悪く考えないことです。だって今は胃癌はほとんど治るんでしょう？」

「発見する時期にもよるだろうけど」

「ある程度、状況がはっきりしてからまたゆっくり考えればいい」と言って高木はポンと僕の肩を叩《たた》いた。

「他に何か僕にできることは」と高木は言った。

「A新聞の（青）という記者に会いたい」

「A新聞の青？」

「そう、今も時々コラムを書いている」

僕は中学の頃に読んだ（青）のコラムのことをかいつまんで高木に説明した。新聞記者に知り合いの多い高木は、そのツテを辿《たど》れば調べることはそんなに難しいことじゃないと、それを請け合ってくれた。

高木と別れて、僕は出張校正室に戻った。

とにかく全力をあげて情報を集め、信用のできる医者を探し、的確な診断と治療を施してもらう。金沢から帰る飛行機の中でも、そして出張校正室から抜け出してきた喫茶店でも、高木を前にしていても、一人でも、結局辿りつく結論はそれしかなかった。

僕の机の上には、これから目を通さなければならない再校ゲラがうずたかく積まれてあった。そのどのページにも、沢井が校閲した几帳面《きちようめん》な赤鉛筆のあとが残っていた。とにかく僕がこれからやらなければならないことは、このゲラの山との格闘である。今晩中にすべて目を通して、責了にしなければならない。

誰もいなくなった出張校正室で、僕は一人、ゲラに集中しようとねじを巻いた。インスタントコーヒーを何杯も飲み、煙草を立て続けに吹かし、頭の片隅にちらつく笠井信二の名前と顔を消し去ろうと努めた。しかし、そうしようとすればするほど、より大きな存在となって、笠井信二は僕にのしかかってくる。

「特集・人妻たちの人知れぬアクメ」「バイブ実験室」「あなたの町のアナルの女神たち」。

何とかその三本を読み終えて、そして「これが調教の現場だ」にとりかかろうとした時、突然「癌です。それも相当に手遅れの」という笠井の声が頭の中に響き渡った。

彼の声と態度を僕は冷静に思い起こそうとした。

そして気がついたことがひとつだけあった。

それが僕を苛立《いらだ》たせている原因であることに、今更のように気づいた。

笠井は僕が僕であることに、きっと気がついていたのだろう。

なぜならば、あの時の笠井の態度は、間違いなく勝ち誇っていたのだ。


葉子を待ちうけていた現実は冷酷だった。

笠井の紹介してくれた病院、高木が調べてくれた病院、そして自分が探し当てた病院、どこへ行っても、検査結果にそう大きな違いはなかった。

「胃癌の末期で、腹膜への深刻な転移」というのが、まるで口裏を合わせたような診断結果だった。僕の気を滅入《めい》らせたのは、医者の口から、だからどうしましょうという提案らしい提案がほとんどなされなかったことである。

現実を受け入れるしかないのかと僕は思った。葉子の運命の前に光る赤い月を、僕たちは受け入れなくてはならない。たとえそれを見ぬふりをしながら過ごしたとしても、やがて灼熱《しゃくねつ》の太陽にさらされるという現実を避けられそうにもない。

葉子も薄々はそのことに気がついている。

大きな病院を三ヵ所も回って精密検査を受けたのである。それが意味することを、葉子は体中で感じとっていることだろう。

「おそらくは一ヶ月」

新宿にある総合病院の山根という医者は、はっきりと僕にそう宣言した。これから患者にどんな治療を施しても、それはすべて延命的な意味しかもたないと、僕の顔を真っ直ぐに見てそう言った。そして、そのことを患者にあなたから伝えてあげて欲しいとも言った。医者として事実を隠しておくことはもちろん可能だけれども、それは心苦しいと。

僕はこの山根という自分と同い歳くらいの医者が何となく気に入った。下手な慰めもなく、はっきりしているところがよかった。はっきりとした中にも、自分の受け持った患者へのいたわりと思いやりが感じられた。これから死んでいく人間に対する、医者の立場をよくわきまえているように思えた。

治療法はない、考えるべきことはどのようにして葉子を死なせてやるかということに尽きるのだ。何ヵ所か回った病院から僕が得られた結論は、結局はそういうことだった。

「葉子」と個室のベッドに横たわる葉子に僕は言った。

葉子は寂しそうな顔をしていた。

「どうだって?」

「何て言ったらいいのかわからないけれど、とにかく結構深刻らしいんだ」

「癌？」

「そう」

「末期？」

「うん」

僕は静かにうなずいた。葉子はフーッと大きく溜息《ためいき》をついた。そして寝返りを打ち、僕に背中を向けた。そんなことを言われた時の顔なんか誰にも見られたくないに決まっている。

「隆ちゃん？」

葉子は小さな声で言った。

「私、死ぬの？」

いくら探しても、それに答える言葉は見つからなかった。

「もう病院はいやだ」と言った葉子の声が震えていた。

「もう検査もいやだ」

「…………」

「死ぬことを確かめる検査なんかもう受けたくない」

「もう、いいよ。検査は受けなくても」

「隆ちゃん」

「うん？」

「私、家に帰りたい。もう、病院で一人で寝るのはいやだ。家に帰って隆ちゃんと一緒にいたい。駄目？」

「帰ろうか」

「連れて帰って」

僕は葉子のベッドに腰かけて、頭を撫《な》でた。悔しいのだろう、そして悲しいのだろう。体の奥底からこみ上げてくる感情を抑えようと、葉子の全身が小刻みに震えていた。触れた頭は、熱っぽく汗に湿っていた。

僕は葉子の髪にキスをした。

その震えが止まることを祈りながら、キスをした。葉子の悔しさや悲しさが、少しでも和らいでくれることを祈りながら……。

「隆ちゃん、ごめんね」

葉子は泣きながら言った。

「こんな病気になっちゃってごめんなさい」

「そんなことで自分を責めることはないよ。君が悪いわけではない」

「ごめんなさい……」

その言葉の他にもう葉子の口からは何も出てこなかった。

ベッドに腰かける僕に、葉子は上半身をあずけるようにして抱きついてきた。ただ、言葉もなく髪を撫でている僕に、突然ある途方もないアイディアが浮かんだ。その閃光《せんこう》が頭の中で光った瞬間に、僕はほとんど何も考えずにそれを言葉にしていた。

「葉子」

「…………」

「ニースに行こうか？」

「えっ？」

「ここを抜け出して、二人でニースに行こう。だって葉子言ってたじゃないか」

「この海を見ながら死にたいって？」

「そう。だからニースに行こう」

「本当？」

「本当だ」

僕にしがみつく葉子の腕に力がこもった。

「日本にいてくよくよしていたってしょうがない。どうせもうろくな治療も受けられないんだから。だったら、どこにいたって同じじゃないか」

「隆ちゃん、会社は？」

「辞める」

「辞める？」

「うん。あるいはその覚悟で長期休暇を取る」

「本当？」

「ああ。約束する」

「あの海をもう一度見られるの？」

「見に行こう」

葉子の体の震えが少しずつ収まっていくように、僕には思えた。そうだとしたら、この咄嗟《とっさ》の思いつきも悪くないアイディアだったかもしれない。

「病院は？」

「脱走だ、こんなところ。だってここにいたってまったく意味がないじゃないか」

「一緒に？」

「ああ、二人で」

「ニースに？」

「そう、ニースへ」


翌日、僕は山根にアポイントを取りつけて面会を申し出た。

まずは現実をほとんど包み隠さずに、葉子に告げたことを伝えた。

几帳面《きちょうめん》に磨かれた眼鏡の奥で、目をほとんど動かさず、表情を変えずに聞き入っていた山根は、話が一段落すると何も言わずに僕に向かって静かに頭を下げた。

その態度を見て、僕はいかにもエリート然としたこの青年医師が、実はそんなに冷たい人間ではないように思えてきたのだった。

彼が葉子を殺すわけではない。もちろん患者を助けたいのだが、それができないという現実をできるだけ正確に僕に伝えているだけなのだ。冷たいのは彼ではなく、彼が知っているその先にある事実なのだ。

「ニースに連れていくことにしました」とできるだけはっきりとした口調で僕は言った。

「ニースって南仏の？」

「そうです」と僕が言うと、「うーん」と山根は小さく唸《うな》り声を上げた。

「賛成してくれないのはわかっています。でも、もう決めたんです。ここにいたってほとんど何の治療もしないまま死んでしまうんでしょう。それだったら、せめて最後に葉子の死にたい場所で死なせてやりたいという僕の気持ちはわかってくれますよね」

「それはわかります」

「しかし、医者として賛成はできないと？」

「まあ、はっきり言えばそういうことです。賛成できないというよりも賛成するわけにはいかないと言うべきでしょうか」

「だったら、答えは簡単です」

「はい？」

「ここを脱走するだけです」

「脱走ですか」

そう言うと一瞬、山根は困り果てたような表情を見せた。僕はそこにこの若い医者の苦悩を垣間見《かいまみ》たような思いがした。

治らない、治る見込みのない患者にとって、医者の存在とはいったい何なのだろうか。わずか一ヶ月の命を病院のベッドでなるべく苦しまずに過ごさせてやることくらいしか、彼にできることはないのである。

「まあ、私から勧めるというわけにはもちろんいきませんが、どうしてもその意志が固いのであれば、その線に沿って考えた方がいいのかもしれませんね」と山根は小さな声で、しかしきっぱりと言った。

「協力してくれますか？」

「協力はできません」

「じゃあ、見逃してくれる」

「だって脱走ですよね。見逃すも何も気がついた時にはもういなくなっているということですから。まずですね、葉子さんが今後辿《たど》っていくであろう症状の経過を説明しておきます。胃の末期癌の患者さんの亡くなり方はほとんど二通りです。こんなこと言って申し訳ありませんが、説明させてください。どこに転移するかがその方向を決めることになります。肺に転移した場合は可哀相ですが、相当悲惨なことになります。その時は病院にいるしかないでしょう」

「もうひとつは？」

「それは腹膜に転移して、食欲がどんどんなくなっていく。血液が癌性の悪液質という状態に陥っていく。食欲が極度に衰え、信じられないくらいに痩《や》せ細ってしまいます。本当に骨と皮だけに。女性だと三十キロすれすれか下手をすれば切ってしまうことも」

「三十キロを切る？」

「ええ。ただですね、葉子さんの場合はほとんどこちらの可能性が高いと思うんです。すでに腹膜に転移しているわけですし。だから、こちらを想定して話しましょう。まず結論から言いますと、ニースに行くのは」と言って次の言葉を山根は飲みこんだ。

僕は、ただ黙って彼自身の口から次の言葉が出てくるのを待った。

山根は僕の顔を真っ直ぐに見た。そしてゆっくりと確信に満ちた口調でこう続けた。

「可能だと思います」

「可能？」

「ええ。もし後者のパターンでしたら。彼女はまだ若いので気力も体力もあるでしょうから。まあ食欲がほとんどなくて栄養失調のような状態になっていくでしょうけど。でも、ニースまで行くのは可能だと思いますよ」

「そうですか」

僕は暗闇の中にたった一筋だけの光を見たような気がした。そして、それがあればこれからの一ヶ月を何とか乗りきっていけるように思えた。葉子にとっても、ベッドに横たわり新宿の憂鬱《ゆううつ》な景色を見ながら死んでいくよりも、南仏の光の下にいる方がどれだけ幸せかわからない。

死ぬことを防ぐことができないのであれば、僕が願うことはただひとつだった。

幸せに死なせてやりたい。

そんなことができるのかどうか、可能なことなのかどうかはわからないけれど、とにかく今はそれを目指して全力で頑張るしかない。

「私は医者として末期癌の患者を何百人も看《み》とってきましたけど、腹膜に転移して癌性悪液質で亡くなっていく患者さんの死は、ほとんどが驚くほど安らかです。少しずつ、少しずつ、鉛筆を削るように体力を失い、痩せ細り、そして極度の栄養失調に陥っていきますが、最後はそれこそ蠟燭《ろうそく》の炎を吹き消したように苦しまずに静かに亡くなっていく方がほとんどです。こんなことを言っていいのかわかりませんけれど、肺に転移した患者さんの苦しみとは比べようもありません。葉子さんはおそらく腹膜のパターンになるのではないかと予測されます。だからニースに行かれることを勧めはしませんけれども、医者としてではなく個人的な意見としては可能と思うわけです」

旅先の葉子から、突然電話がかかってきてから二週間が過ぎただけであった。たったそれだけの時間の中で、葉子は死を宣告され、そして僕は葉子の死に方について、顔も名前も知らなかったこの若い医者に相談しているのである。

不思議な感じがした。二週間前に一人で金沢に水溜《みずたま》りを捜しに行った葉子が、今はニースという死に場所を必要としているのである。

「その間、僕はどうすればよいのですか？」

「薬を出します。といっても鎮痛剤です。ブロンプトンカクテルというシロップです。それを基本的には一日二回飲ませてください。それとは別に強い鎮痛剤を出します。それはどこかに急激な痛みが走った時に飲ませてください。そして、痛みの回数が多くなるようでしたら、一日二回のブロンプトンカクテルの使用を四回に、それでも効かなければ六回にと増やしてあげてください。モルヒネとコカインと何種類かのアルコールをブレンドして作ったシロップです。それを痛み止めの基本に一日二回は必ず常服させるのです」

「それ以外には？」

「必要ありません」

薬は約四十日分、それ以上は必要ないと山根はきっぱりと言った。それは、その現実をはっきりと僕に認識させるための言葉として発せられたものであることを、僕は理解した。

「それと、もし激しい咳《せき》をし始めたら」

「はい」

「その時は、どこにいても旅はあきらめて、すぐに近くの病院に直行してください。それだけは葉子さんのために約束してください。以上が、必要最低限です」

「何て言ったらいいのかわかりませんが」と僕は山根の目を見て言った。

「とにかく、先生に言われた通りにします」

僕は事実上ニース行きを許してくれた山根に頭を下げた。

「何もしてあげられなくて」と山根は悔しそうに言った。

そして「本当はこんなんじゃ駄目なんです。彼女が生きる可能性を探るための医学じゃなきゃ」と吐き捨てるように続けた。

「色々とありがとうございました」

僕が診察室を出ようとドアのノブに手をかけた時、背後から山根の声が追いかけてきた。

「山崎さん」

「はい？」

「頑張ってください。これからはあなたが彼女にとって世界でたった一人の医者になるのですから。患者さんをよろしくお願いします」

「わかりました」

そう言って僕はドアのノブを回し、山根のいる診察室を後にしたのだった。

7

診察室のドアを閉めた瞬間、病院の広い廊下に出た瞬間から、僕はあらゆる感情や感覚を封印しようと決意した。

とにかく葉子とニースに発《た》つまでは、仕事のこともそれによって人にかけるであろう様々な迷惑のことも、苦しみや悲しみもすべて封印しよう。心の痛みさえも振りきって、とにかく葉子をニースに連れていくことだけに集中しよう。ある意味では、僕もブロンプトンカクテルを飲んでいるような状態にならなければいけないのだ。

葉子の病状を思えば一日も、いや一時間でも早くすべてを決断する必要があった。

航空チケットとホテルの手配、仕事のキャンセル、そして旅行中の邦人が旅先で死亡した場合の手続きを調べること、やらなければいけないことはいくらでもあった。

ニースで旅行者が死亡した場合のその後の処理は考えているほどに複雑ではなかった。息を引き取った後に病院で死亡を確認し、報告書を警察と領事館に送る。それから現地の葬儀屋に連絡すればあとの事務的なことは、ほとんど代行してくれる。ニースには火葬場の設備もあるので、現地で荼毘《だび》に付せば遺骨は手荷物として日本に持ち帰ることもできる。遺体を日本に運ぶ手間と運賃を考えれば、それは遥かに現実的だろう、というのが僕が調べ得ただいたいのことであった。

飛行機のチケットは都合のいい日に手配できそうだった。パリで乗り換えてニースまで、順調にいけば約十五時間、空港からタクシーでホテルまで約十分、それが考えられる最短の方法であった。

山根から今後の指示を受けた日、僕は葉子にだいたいのことを説明して、それから文人出版へと向かった。そして、近くの喫茶店に沢井を呼び出して、これから自分がやらなければならないことを説明した。それは希望ではなくて、自分が絶対に行わなければならないことなのだ。

沢井は煙草を何本も吸い換えながら、僕の話を聞いていた。

「一ヶ月旅行したい、か」

「はい。今までの仕事で自分に溜まった澱《おり》のようなものを、日本から遠く離れた場所で一度吐き出してしまいたいんです」

「君の気持ちはわからないでもないけれど、しかし、それで長期休暇をとるというシステムはうちにはないしなあ」

「だから、僕は退職します。そうさせてください。第一、いつ自分が旅から帰ってこられるとも約束できません。だから休暇というよりも、退職するしかないのではないでしょうか」

「しかし、山崎君、今の編集部の現状やそれに君自身の生活のことも冷静に考えた方がいいと思うけどなあ」

　僕はただ色をつけただけのような、何の香りも味もしない冷めたコーヒーをすすった。編集の合間を縫って疲れた頭を休めるためにここでコーヒーを飲み、ただぼんやりと人の往来を眺めていた日々。行くあてもなく将来の目的もなく、自分がこれから進むべき方向もわからないままもがいていた僕を掬《すく》い上げてくれた沢井。編集技術のほとんどを僕に植え付け、自分の中にあった可能性をグイグイと引き出してきてくれた恩人を今、僕は裏切ろうとしているのかもしれない。

　僕は本当に軟弱に生きてきた。

　方向音痴で軟弱で、行き当たりばったりに生きてきた。

　しかし、と僕は思う。

　今は違う。今だけはそういうわけにはいかないのだ。

葉子をニースに連れていく、ただそれだけのためにすべてを強行突破しなければならない。これから待ち受けているだろうどんな困難も、強い意志で乗り越えなくてはならない。それが、そうすることだけが、彼女の愛に報いる、そして僕が葉子への愛を証明するただひとつの手段なのだ。

「冷静には考えられません」と僕は強い口調で言った。

「そうか。しかしもう一度よく考えてみろ、山崎君」

「僕はニースに行きます。いつ戻ってこられるのかは約束はできません。編集部のことは何も考えられません。僕は編集者失格です。許してください」

声が震えていた。沢井という尊敬する人間に反抗している自分への嫌悪感が声を震わせていたのだと思う。

「今まで、本当にお世話になりました」

頭を下げ、それだけを最後に言い残して僕は席を立った。

「山崎君」と沢井はドアに向かって歩き出した僕に言った。

「戻ってきたら、日本に戻ってきたら、誰よりも一番に僕に連絡をくれ。それだけは約束してくれ」

僕はその言葉に何も言わずに、喫茶店を逃げるように後にした。ざらざらとした砂を口に含んでいるような後味の悪さを僕はどうすることもできなかった。

自分はテロリストなのだと新宿に向かう電車の中で僕は思った。軟弱なテロリストなのだと。たとえいくら軟弱でも、このテロを実行するまでは、冷徹で用意周到で強固な意志で臨まなくてはならない。

葉子をニースに連れていく。

それだけを目的とした、僕はテロリストなのだ。

二日後のエールフランス275便パリ乗り換え、それがニースに行く最短の方法だった。そのチケットを買い、そのまま西荻窪の部屋に戻った。出発までに中一日しかない。僕は大慌てで荷物をまとめた。葉子にとって何が必要なものなのか、カメラはいるのかいらないのか、それを考え始めただけでも頭は混沌《こんとん》としてどうしようもなかった。下着は何枚いるのか、ジーンズは何本いるのか、化粧品は必要なのか、持っていくCDは何か。混乱したまま僕は目に付くものをどんどん旅行鞄《かばん》に放りこんでいった。これからの葉子の旅に必要なものと不必要なもの、それを選別することは不可能に近い作業だった。

鳥類の図鑑――。

それを見た時、僕の混乱は頂点に達した。

葉子が毎晩ベッドで眠り薬のように読んでいた本だ。僕が夜遅く帰ると、たいてい葉子はすっぽりと顔を図鑑で覆ったまま眠っていた。起こさないようにそれを取り除いてやるのが、僕の大好きな役目だった。

うまく取り除くと、子供のような顔で眠っている葉子の顔が現れた。鳥博士を目指して、研究している夢でも見ているのだろうか。それでも、葉子の鳥音痴は一向に改善しなかった。

ウミネコを見るとカモメと言い、カモメを見るとウミネコと叫ぶ。小鳥は相変わらずすべてがスズメで、鷺《さぎ》は鶴で鶴はトキだった。

図鑑はぼろぼろになっていた。

毎日毎晩、どのくらい眺めていたのだろう。

新しいのを買ってやっても、結局見るのは、最初にプレゼントしたこの図鑑だった。どこを開けばどんな絵が出てくるのか、その次のページには何が現れてどんな鳥が出てくるのか、きっとすべて暗記しているのだろう。

しかし、葉子にとっての問題は図鑑の中の鳥と現実の鳥を結びつけて理解することができないことだった。空を飛ぶ鳥は一瞬も図鑑のように静止することがない。だから、図鑑の鳥は図鑑の中でしか生きることができないのである。

僕はこの図鑑を手にとった時に、異様なまでの不安に襲われた。なぜこんな重いものを僕はスーツケースに入れようとしているのだろう。

その理由を頭の片隅で理解している自分に気がついていた。

お棺に入れるためなのだ。

葉子を火葬する時に、僕はこれを一緒に入れようとしているのだ。そして、何枚かの水《みず》溜《たま》りの写真と〝ユア・ソング〟。葉子が死んで火葬場に運ばれて、その時に入れるものを、今、僕は選別しようとしているのだ。

その事実に手が震えた。

悔しくて、涙が零《こぼ》れた。泣きたくなどなかったけれど、鮮やかな色づかいをした鳥類図鑑の表紙の上にポタポタと涙が落ちていくのを止めることができなかった。

死なないでくれ、と願った。

僕を一人にしないでくれ。どこに行っても何をしてきてもいいから、僕のところに戻ってきてくれ。

癌なんて嘘だ。助からないなんて何かの間違いだろう。

葉子――。

僕はどうしてもこの図鑑をスーツケースに入れなくてはならないのだろうか。スーツケースの奥底に君に見つからないようにしまいこまなければならないのだろうか。こんなことしか君にしてやれることはないのだろうか。

情けなかった。

情けなくて、悔しかった。

自分には何もしてやれないというもどかしさと、悔しさが容赦なく胸を切り裂いた。

ふと目を遣《や》ると、葉子が大切に育てているアジアンタムの鉢植えが飛びこんできた。

それは午後の日溜りの中で鮮やかな緑を放っていた。まるで一枚一枚の葉が光を透過させ、あるいは反射させせながら、生きる歓《よろこ》びを全体で表現していた。

それは、緑に輝く光の束のようだった。

何度かのアジアンタムブルーを乗り越えて、美しく息づく緑の葉。光を集めて繊細に生き続けるアジアンタム。

しかし、それを育てた葉子はたった一度の危機を乗り越えるチャンスを与えられることもなく、今ベッドに横たわっている。

おそらく、もう二度とこの部屋に戻ってくることはできないだろう。

僕は目に染みるような緑を見つめ、震える手で鳥の図鑑をスーツケースの底に押しこんだ。本当にこれでいいのだろうかと何度も何度も思い返しながら……。

山根に電話をして二日後に成田を発《た》つことを伝えた。

「わかりました」と山根はきっぱりと言った。

「脱走する必要はありません」

「ありがとうございます」

「明日一日しかありませんので、明日のうちにでき得る処置はすべてしてしまいます。それとすべての薬を処方しますので、取りに来てください。相当の量ですよ」

「もう一度だけ、訊かせてください。新聞に末期癌が治ったとか、医者に見放されてから十五年生きたとか、そんな広告が載っていますが、万に一つでも葉子を助ける方法はないのですか？」

「もし、助かるとしたら手術しかありません。成功例は一パーセント。これは一パーセント程度とか、そのくらい低いとかそういう意味ではなくて、明確な数字だと考えてください。漢方とかワクチンとか特殊なきのことか色々あります、まあそれを頼ったりするのはもちろん患者さんの自由ですが、おそらく九十九パーセント亡くなるでしょう。それが現実です。手術をしても九十九パーセントの方には余分な苦しみを与えただけという結果になってしまいます。それでも希望されるのならもちろんやりますが、正直言って勧められません。今の山崎さんの選択は医者の私が言うべきではないのかもしれませんが、間違っていないと思います」

「間違っていない？」

「はい。私があなたの立場でもそうするだろうという意味です」

「病院にいる患者が可哀相なのは」と僕は静かに言った。

「病人がまるで医者に対して悪いことをしているという気分になることです。本人は何も悪くないのに、治らない自分が医者に申し訳ないと思ってしまうこと」

「その通りですね」

「でも、少なくとも病院を出れば、葉子は医者に対してそう思わなくてすむでしょう」

小さな沈黙の後、ニースから帰ったら電話を欲しいと山根が言い、僕はそれを約束して静かに受話器を置いた。


電話を切った瞬間に次の電話が鳴った。

高木からだった。

「大変そうだな」

「ああ」

「さっき、沢井さんから電話があって、山崎君が辞めると言い出したってボヤいていた。もし、何か悩みがあるんだったら助けてやってくれって」

「そうか」

「さっきユーカさんと電話で話したんだけど、二人で成田まで見送りに行ってもいいかなあ、というよりも僕が車を出すから四人で成田まで行かないか？」

「成田まで見送ってくれるの？」

「うん。山崎さんさえよければ」

「ありがとう。助かるよ」

「よし、じゃあ迎えに行く。僕とユーカさんの二人で」

「ありがとう、きっと葉子も喜ぶよ」

「それと、A新聞の（青）さんのところに電話をかけてみな。知り合いを通じて山崎さんが会いたがっていることは伝えておいたから」

「本当か？」

「ああ。今日これからでも今から言う番号に電話をしてみるといい。論説委員室だ」

「わかった」

「飛行機が取れた。明後日だよ」と僕が言うと、気だるそうに眠っていた葉子は目を覚ました。

「明後日？」

「そう。早い方がいいと思って。君のお父さんとか、お姉さんに連絡しなくてもいいのかな」

「連絡取れないから、どうせ。ニースに着いたら、いちおうわかっている最後の住所に葉書を出してみるわ」

「そうだね」

「私の家族は」と言って葉子は照れたような小さな笑顔を作った。そして「隆ちゃんだけなの」と消え入るような声で言った。

「いよいよ、脱出だよ」

「うん。脱出だね」

「先のことはいっさい考えないで、二人の時間だけを見ていよう。僕は君の側を一瞬も離れないから、何も心配することはない」

「うん。何も心配しない。痛いも言わない。苦しいも言わない。悲しまないし、泣かない。約束する」

「オーケー。了解だ」

「バカンスを楽しみましょう」

「うん。明日、部屋に帰る？　だいたいの荷物は僕が今日詰めておいたけど」

「帰らない。帰ると隆ちゃんともっとここで暮らしたいって、きっとそう思うに決まっているから、帰らない。いいでしょう？」

「もちろん」

「それに病院から脱出して空港に向かった方が、脱走犯らしくて恰好《かっこ》いいわ」

「脱走犯？」

「そう二人で逃げるんだもの」

「高木さんとユーカさんが車を出してくれるって。成田まで」

「本当？　脱走犯の手下がいたのね。ユーカさんには会いたかったから、死ぬ前に一度」

「ヨーロッパ遠征メンバー勢ぞろいだ」

「うん。勢ぞろいね」

「じゃあ、明日また」

「もう、帰っちゃうの？」

「うん。まだ色々とやらなければならないことがたくさんあってね」

「それはそうね」

「明日、葉子の薬を受け取りに来る」

「わかった」

「じゃあね」

「隆ちゃん、ありがとう」と言った葉子の目がみるみる涙ぐんでいった。

「約束しただろう」

「うん」と言って葉子は必死に涙をこらえようと頑張った。顔が真っ赤になった。僕が手を差し出すと、その手にしがみついて葉子は声を上げて泣いた。

「死ぬのが怖いんじゃないの、悔しくもないの」と葉子は言った。

そして歯を食いしばり、「隆ちゃんの優しさが……」と続けた。

僕は何も言わずに、熱っぽい葉子の頭を撫《な》でた。

葉子は嗚咽《おえつ》を振り払うように強い口調でこう言った。

「嬉《うれ》しいのよ」と。

8

僕にはニースに出発する前に（青）に会わなければならない理由があった。

それは二度とR.Y.に逃げこまないためである。

僕は自分の意気地なさをよく知っていた。最終的には恐怖と対峙《たいじ》できない自分の弱さを。きっと僕は対抗できない天敵と出くわした時にアルマジロがそうするように、山崎隆二からR.Y.へと必ず身を丸めようとするのである。

しかし、今度はそうはいかない。僕が安全のために体を丸めている時に、残された葉子はどうすればいいのだろうか。

だから、僕はニースに行く前にできることならば（青）に会っておきたかった。それが自分にとってどんな意味を持つのか、何の役割を果たしてくれるのかわからない。ただ、もし会えるのならばどうしても一度だけ会ってみたかった。

新聞社に知り合いの多い高木はツテを辿《たど》って、（青）と会える方法を探ってくれた。（青）の署名記事はいまだに新聞紙上で見かける。しかし、それがあの時の（青）であるのかどうかは、僕には知りようもなかった。

病院で貰《もら》った大量の薬を抱えて、僕は指定されたA新聞近くの喫茶店へと出かけた。ニースへ出発する前日の夕方のことだ。

僕は（青）が座っているという、熱帯魚の水槽前のボックス席に向かった。そこで初老の紳士が原稿用紙に向かっている姿を見つけた。

「青さんですか？」と僕はおそるおそる尋ねた。

「はい」と彼は答えた。

「はじめまして、山崎です」

「青山です」

僕は文人出版の名刺を差し出し、青山はA新聞論説委員という名刺を僕にくれた。

「論説委員といってもですね、私の場合は定年後の役職で、新聞社というのは、定年になって退職するか、あるいは論説委員となって五年余計に働くかを選べる制度があるんです。それで、僕は退職よりも論説を選んだ。そういう意味の論説委員ですから」と青山は自分の立場を生真面目に説明した。そういうことが明確になっていなければ気がすまない性格のようだった。

「今からもう二十年くらい前のことだと思います。青山さんが書かれたコラムに僕はずいぶん救われたことがあったんです。中学生の頃のことでした」

「どんなやつですか？」

「永遠と無限の概念の話です。中国の言い伝えで、天女が千年に一度舞い降りてきて三千畳敷きの岩を羽衣で一掃きする」

「その岩が磨滅してなくなるまでの時間を永遠という、だ」

「そう、そうです」

「もうひとつは、無限とは膨張し続けること、だよね」と言うと青山は何ともいえない嬉しそうな表情を見せた。

今、目の前に座っている青山、それは間違いなく僕の心の片隅に存在し続けた（青）であった。僕は中学時代、そのコラムを読んだ日のことをできるだけ正確に話した。

「そのコラムが中学時代の君の不安を解消して、そして二十年間覚え続けていてくれた。そういうことかな」

「そういうことです」

僕がそう言うと、青山は破顔一笑した。文字通り顔が破れたような笑いだった。

僕は今置かれている葉子と自分の立場を説明した。明日、病院を抜け出してニースに向からこと。その先に待ち受けているだろう、逃れられないこと。だから、その前にどうしても青山さんに会っておきたかった、死んでいく恋人を前にしても自分の心が平静でいられるために。

「こんなハゲ頭の爺《じい》さんが出てくるとは思わなかったでしょう」と青山は光り輝く頭部に手を当てて豪快に笑った。

「今僕が、あなたに言えることがあるとすればひとつだけ。どうやったって恋人は死んでいくのだろうし、それからもあなたは生きていかなければならない。だとしたらニースに行くこともあなたにとって大切で意味のあることでなければならない。そういうふうに自分本位に考えた方がいいということです」

「自分本位に？」

「そう、自分勝手に。そして、本当に可哀相なことかもしれないけど、それが彼女にとってきっと最善なんじゃないかなあ。僕にも、ちょうどあなたの彼女と同じ年頃の娘がいます。だからあなたとも歳が近いのかな。その娘がね、やはり中学くらいの頃に、死に怯《おび》えて一人で眠れなくなってしまってね、子供みたいに。それで、僕はあのコラムを書いたのを憶《おぼ》えている。無限とか永遠とか死とかいう概念への恐怖は、君だけではなく誰にでもあることなんだと娘に知らせたくて。君は無限や死が怖いわけでも永遠が怖いわけでもない、きっとわからないということが怖いんだ。それは君の中で知性が芽生え始めたという証拠なんだと。僕は娘にそう言葉を添えて、あのコラムを手渡したのを覚えています」

「わからないということが怖い？」

「その年頃になると、急に色々なことがわかってくる。だから、何でもかんでもわかるようにならなければ気がすまなくなる。そして、いくら考えてもわからないことまで真剣に考えこみ、泥沼にはまっていくんだと思う。だって、今はわからないことは考えないでしょう。時間とエネルギーの無駄になることがわかっているから。結論のないことを考えようとはしない。それでいいんじゃないかな。我々は哲学者でもチェスプレイヤーでもないんだから」

「娘さんは？」

「もう三人の子供の母親さ」

「じゃあ、青山さんはお祖父《じい》さん」

「祖父さんも祖父さん、公私ともに祖父さんさ。ハッハッハ。でね、娘は大学に進学してどの学科に行ったと思う？」

「哲学科？」

「それならいいんだけど、数学科さ。答えのあるものが好きになっちゃったんだ。ハッハッハ」

僕は青山の愉快な笑い声を聞いているだけでも、ここに来てよかったと思った。そして、こういう明るい精神の中で、葉子を送り出してやろうと考えた。僕が悲しむ姿を見て、一番悲しいのは葉子なのだし、僕が傷つくことで傷を負うのも葉子なのだ。それならば僕が笑った方が、きっと彼女も嬉しいだろう。少しでも、そういう明快な時間を過ごそう。

「うちの娘が死ぬなんて、考えただけでも胸が苦しくなる。でもね、結局人間はいつか死んでいくんだから。多かれ少なかれ、まあわずかな時間の差で死んでいくんだ。だから……」

「だから？」

「幸せに死なせてあげてください。うちの娘と同じ歳の、葉子さんを。それは大変だろうけど」

「わかりました」

「ニースから戻ってきてこのハゲ頭を思い出したら、いつでも会いにきてください。今度は一緒に飲みに行きましょう」

「ありがとうございます。あの、青山さん」

「うん？」

「宇宙は秒速四千キロのスピードで膨張を続けているそうです」

「ほう」

「僕が訊《き》きたいのは、それはいったいどこに向かって膨張しているのか？　ということなんです」

「宇宙以外」

青山は即座に答えた。

「宇宙以外？」

「そう。そうとしか言いようがない。無に向かってとか無限とかそういうことを考えてはいけないんです、きっと。宇宙以外、明快でしょう？」

「明快です」

「宇宙以外って何だ？　って訊きたくなる？」

「なりません」

「そう、それがきっと今の我々にとっての模範的な解答なんでしょう」

9

その日は朝から雨が降っていた。

五月二十日、梅雨入りするにはまだ早い季節である。しかし雨は体にまとわりつくような陰湿な霧雨で、早朝から激しくもならず止みもせず、東京という街全体を少しずつ蒸し上げるように降り続いていた。

僕は車の窓から陰鬱《いんうつ》な雨の景色を眺めていた。高木は運転に集中し、葉子は眠り、ユーカは葉子の手を愛《いと》おしげに握っていた。

車は渋滞を抜け、京葉道路に入ったところだった。車に備え付けられているデジタルの時計は午前十時を表示している。

窓の外に広がるのはどこもかしこも灰色の風景だった。その灰色の景色が雨の中に沈んでいた。

高木は苛立たしそうにアクセルを踏みこみ、次々と車を追い越していく。スピードメーターは常時一三〇キロを指し示していた。

「やっと渋滞を抜けたね」と僕は高木に言った。

「ああ、やっと抜けた」と高木はハンドルを握りながら表情を変えずに言った。

そして「いやな雨だ」と続けた。

まったくいやな雨だな、と僕も思った。

雨にくすぶった、どこまでも続くような灰色の道を眺めながら、僕は葉子を連れてきてよかったなと思った。僕は葉子を宇宙以外に連れて行くことはできない。しかし、少なくともこの湿りきった灰色の街以外には行くことができる。

この三日間、自分にしてはよく動き回ったと思う。病室でニースに行こうと葉子に提案してから三日間、僕は考えつくすべてのことを実行した。葉子をニースに連れていくための準備をほとんど完璧《かんぺき》に遂行した。

疲れているかといえばそうでもなかった。

僕は僕なりに脱走犯の片割れとして興奮しているのかもしれない。

脱出するのだ。

葉子を連れて逃げ出すのだ。

この汚い雨ばかりが降る灰色の街から。太陽も星も海も山も見えない街から。葉子を苦しめ、何の躊躇《ちゅうちょ》もなく死を宣告する街から、脱走するのだ。

この街から、この街以外へと。

「何て言ったらいいのかしら」と成田空港の喫茶店でユーカは何度目かの溜息《ためいき》をつきながら、誰にともなく言った。

雨に沈んだ街のように、僕らの会話も沈みこんでいた。

「何でもはっきり話そうよ。もう時間もそんなにないんだから。おたがいに遠慮している時間もないし」と僕は言った。

それは、確かな事実だった。

もう、今の我々に言葉を捜しあぐねている時間はない。

「もう会えないのね、葉子ちゃん」とユーカは僕の言葉に押し出されるように言った。

「うん。もう会えない」と葉子がきっぱりと言った。

「どうしてこんなことになるの？　あなたが何をしたというの」と言ってユーカは頭を抱えてしまった。

「とにかく、もう悔やんでも恨んでもしょうがないんだから、明るくいきましょう、ユーカさん」と僕はコーヒーを飲みながら言った。

「うん、うん」という感じで葉子がうなずく。

僕と葉子はこの二週間で、ずいぶん強くなっていた。

「そうね、ごめんなさい。あなたたちがこんなに、ピンと背筋を伸ばしているのに、私がめそめそしたんじゃ申し訳ないわね」

「この四人で行ったんだもんなあ、ヨーロッパの撮影旅行」と高木が話題を提供した。

「楽しかったね」と葉子が言った。

「最高だった」

「病院のベッドで、いつも思い出していたわ。イギリスのマゾ紳士にユーカさんが鞭《むち》を打ち下ろしていたシーンとか」

「ごめんね。変なことばかりで」

「全然。本当に楽しかった。私、ユーカさんと高木さんと、楽しかったことしか思い浮かばないの。いつも思い出して、病院のベッドの上でケラケラ笑っていたの。本当の話よ」

「へえー」と高木が目を丸くした。

「鎮痛剤よりよっぽど効いたわ」

「イギリスの豚野郎!! とか?」

「そう、それそれ」

「最高だったね」

「うん。最高だった」

「葉子ちゃんにあんなもの撮らせて、申し訳なかったわ」とユーカが言った。

「どうして?」

「だってSMなんかあなたの人生に何の関係もなかったのに」

「そんなことない。とにかく私はユーカさんに感謝しています。一杯楽しい思いをさせてもらったし、それに、隆ちゃんとも出会えたんですから」と言って葉子は僕の目をチラッと見て微笑んだ。

　葉子らしい素直で素敵な笑顔だった。

「ユーカさん」と葉子は言った。

「死んでいく身になってみればわかるんだけれど、死ぬことなんかたいしたことないの。

強がりじゃないのよ。それは正直言って怖いし、寂しいし、悔しいし、そういう感情はもちろんある。でもね、それを乗り越えるような楽しい思い出が私にはたくさんあるの。一人で病院のベッドで横たわっていて、私は思った。私はユーカさんのことを思い出してこうしてベッドで笑っている、そのことの方が死ぬことよりも遥《はる》かに難しくて大変なことなんだって。だから、そのことを私に気づかせてくれたユーカさんには感謝しています」

「ごめんね、何の力にもなれなくて。ただ、これは葉子ちゃんがこんなことになる前から高木さんとずっと相談してきたことなんだけど。そのうち山崎さんにも話そうと思っていたの」とユーカが言った。

「何？」

「もし、葉子ちゃんがよかったら、展覧会を開きたいって」

「展覧会？」

「そう。葉子ちゃんが今まで一杯撮りためた写真があるでしょう。銀座辺りの画廊を借りてその展覧会をやりたいなって」

「私の個展？」

「そうよ。葉子ちゃんが許可してくれれば」

「本当？」

「うん」

「本当に本当？」

そう言う葉子の目に涙がみるみる溜《た》まっていった。

それは、僕もはじめて聞いた話だった。

「私の写真の？」と言う葉子の声は涙でもう声にならなかった。

「私の写真の……」

「そうよ。あなたがこれまでに撮ってきた水溜りの写真よ。それを集めるの。いい？」

「うん」

「じゃあ、この四人でやるわよ」

「四人で」

「そう、四人で。だってあなたの写真展なんだから」

「このチームで？」

「そう、このチームでよ」

「解散じゃないの」

「まだ、解散はできないわ」

僕は嬉《うれ》しかった。葉子という人間が生きてきたことを何よりも雄弁に語るのが、彼女の撮ってきた写真なのである。生まれてきて、死んでいく、そのことの意味を解き明かし、証明し、語り続けてくれるのが葉子が必死に撮り続けた一枚一枚の写真なのである。

「じゃあ、約束」と言ってユーカは葉子に小指を差し出した。

「うん」と言って葉子も小指を差し出した。その指は悲しいくらいに細く、どうすることもできないくらいに小刻みに震え続けていた。

「葉子」と言って、ユーカは葉子の体を抱きすくめた。

「あんたみたいないい子、いなかった、本当に。一生忘れないわ」

出発の時間が迫っていた。僕と葉子が乗るエールフランス275便の搭乗のアナウンスが流れ始めている。

「さあ、ユーカさん」と僕は言った。

「明るく別れましょう」

「そうね」

「葉子も涙を拭《ふ》いて」

「うん」

「じゃあ、ここで別れましょう」

僕は葉子を促して席を立った。

「いよいよ、出発だ」と葉子も立ち上がった。

「きっと、これが最後の私の言葉ね」

席に座ったままの高木とユーカにそう言うと、葉子は上半身を折り膝《ひざ》に両手を当てて深く頭を下げた。そして、その姿勢を崩さないまま、よく通る声ではっきりとこう言った。

「本当にどうもありがとう」と。

a.b. 4

I

雨に濡《ぬ》れた滑走路を疾走するジェット機がフワッと宙に浮いた瞬間、心のどこかが軽くなったように思えた。

日本という重い石をポケットから投げ捨てたような気分だった。

飛行機は雲を切り裂くようにぐんぐん高度を上げ、やがて高空飛行に入った。機内に備え付けられた飛行掲示板は、飛行機が海抜一万メートルに達していることと、時速九〇〇キロの速度で飛んでいることを示していた。

葉子がニースで死ぬのだとすれば、僕たちは時速九〇〇キロのスピードで死に向かって進んでいるということになる。

飛行機の窓から見渡す限りの雲海を眺めながらふと僕はそう思った。

そして、すぐに秒速四〇〇〇キロで膨張する宇宙のことをイメージした。一人きりでその先へ行ってしまおうとしている葉子。

今日二本目のブロンプトンカクテルを飲んだ葉子は毛布にくるまって静かに眠っていた。

僕はスチュワードがくるたびに、ビールと赤ワインを交互に頼んだ。そして座席に埋もれるようにして、それらを飲み続けた。

とにかく何も考えないようにしよう。そう思うたびに、また新しい何かを考え始めてしまっている自分を持て余していた。

脱走犯は無事日本を脱出した。

もう我々を捕まえられるものなど何もないのだ。

今の僕に、あるいは葉子にとって、ユーカが提案してくれた写真展という言葉がどれだけ救いになっているかわからなかった。

「やっぱりカメラを買おう」と出国手続きをすませたあとに葉子が言いだし、免税店で日本製のオートフォーカスカメラを買った。それだけのことでも、僕たちにとってどのくらい気が紛れていることだろう。

葉子は死にに行くのではない。

写真展を飾る掉尾《とうび》の最高の一葉を撮りにニースへ行くのである。

「眠れないの？」

眠っていた葉子が目を覚まし、僕にそう声をかけたのは成田を出発して七時間が過ぎようとしている頃のことだった。

「隆ちゃん、飛行機苦手だもんね」

「うん」

「今、どの辺りかしら」

「もうすぐウラル山脈を越える頃かな」

「煙草、吸いたいでしょう」

「もちろん」

「あと、五時間の辛抱よ」

「ああ」

「ビールとワイン、どのくらい飲んだの？」

「さあ、十本ずつくらいかな」

「凄《すご》い」

「葉子、よく寝ていたよ」

「うん。夢を見ていた」

「もう少し寝てなさい」

「うん」

「痛みは？」

「平気」

「眠れる？」

「うん。眠れる。病院より遥《はる》かによく眠れる。怖くないし。隆ちゃんも少しでも眠ったら。出発前から動き回りっぱなしだったんだから、疲れているでしょう、チケットの予約とか宿の手配とか苦手なことばかりさせられて」

「飛行機の中ではほとんど眠れないんだけど、たまに眠った時は、いつも同じ夢を見るんだ」

「どんな夢?」

「飛行機が墜落していく夢。それで、いつかは叫び声を上げて起きちゃった。まったくあれは悪夢だよ。冷や汗をかく」

「うん?」

「眠れない時はね」

「私、病院で一人で眠れない時はいつもそうしていたの」

「何?」

「地下深い洞窟《どうくつ》の中を逃げ回る、テロリストになっている自分を想像する」

「ハハ」

「どう?」

「うん。トライしてみるよ」

「じゃあ、二人で逃げ回ろう」

僕は葉子の手を握って目を閉じた。こうしていられるだけでも、病院を脱出して正解だったという満足感で胸が一杯になった。

そして、葉子の孤独を思った。

真夜中の病院のベッドの上で、僕の言葉を思い出して眠れない夜に抵抗しようとしている葉子のことを。

眠ろうと僕は思った。これからのことを考えると少しでも眠っておかなくてはならない。僕の言葉を頼りに、病院の孤独や夜の恐怖に葉子が対抗したのだから、僕も眠らなくてはならない。

テロリストになって、地下深い洞窟に潜りこむのだ……。


シャルル・ド・ゴール空港も雨に煙《けぶ》っていた。

フランスの雨は日本の雨とは何かが違っているように思えて仕方なかった。芝生も建物も人も、雨は地上にある何もかもに歓迎されているように見えるのである。

「あれっ」と滑走路を走行する飛行機の窓から外を眺めていた葉子が小さな声を上げた。そして「やっぱりそうだ」と言った。

「何？」

「野ウサギがいるの」

「本当?」

「うん。ほらあそこ」と葉子は指を差した。その指の先に茶色い野ウサギが走り回っているのが見えた。

「あそこにも」

野ウサギは滑走路と滑走路を仕切るように敷き詰められた芝生の上を走り回っていた。少し走っては穴の中に潜りこみ、注意深く頭だけを出して周囲の様子を窺《うかが》う。

「可愛い」と葉子は窓に額をくっつけるようにして、その姿を目で追いかけていた。

「たくさんいる。数え切れないくらいよ」

「こんなところにね」

「うわー、草をもぐもぐ食べている。可愛い」

こんなに無邪気な葉子の表情を見るのは、何週間ぶりのことだろう。野ウサギを追う葉子の瞳《ひとみ》は子供のように無垢《むく》に光り輝いていた。

葉子は死ぬのかもしれないけれど、今はこうして生きているのだ。ひとつひとつのことに感じ入り、色々なことを表現しながら、今現在を生きているのだ。

僕は葉子を少しでも安らかに死なせることばかり考えていた。百パーセント助からないと山根に宣告され、それを受け入れてから、僕の中である意味で葉子は死んでいた。

何ということなんだろうと僕は思った。

葉子は生きている。

こんなにも瞳を輝かせて、生きている。

僕は死んでいく葉子ではなくて、生きている葉子と今ここにいるのである。

シャルル・ド・ゴールの雨の中をピョンピョン走り回るあの野ウサギたちのように、葉子は確実に生きているのだ。

大切なことはそれだけなのである。

「フランスは凄いね、隆ちゃん」

「ああ、空港に野ウサギがあんなにいるんだものね。それにしても凄い数だ」

「うん。感動的」

それから僕たちはシャルル・ド・ゴールのカフェで乗り継ぎの時間を潰《つぶ》した。ガヤガヤと賑《にぎ》やかなカフェで僕は待望の一服を胸一杯に吸いこんだ。

「何か食べる?」と僕が言うと、葉子は小学生のように何も言わずにかぶりを振った。

「じゃあ、カフェ・オ・レを飲もうか」

「うん」

しかし、結局カップに口をつけただけで、ほとんど喉《のど》を通らなかった。

「大丈夫かい?」

「大丈夫」

「何も食べていないだろう」

「ニースに着いたら食べるよ」

「ブロンプトンカクテルは？」

「今はいらない」

「疲れていない？」

「少し、疲れたかな」

「そりゃ、そうだよ。サッカー選手だって疲れるんだから」

「隆ちゃんは？」

「僕は大丈夫。ピンピンしているよ。やっと煙草も吸えたし」

「サッカー選手より強いんだ」

「そう、何たって」

「何たって？」

「テロリストだからね」

カフェは色鮮やかで、フランスらしい陽気な雰囲気に満ち溢《あふ》れていた。客と客の間を踊るように歩き回る、ミニスカートのウェイトレスの姿を僕と葉子は言葉もなく茫然《ぼうぜん》と眺めていた。

「あっ」と葉子が小さく叫んだ。

僕はその意味をすぐに理解した。

カフェのざわめきの中から、微《かす》かなピアノの音が流れてきた。

「″ユア・ソング″よ」と葉子は顔を綻《ほころ》ばせた。

エルトン・ジョンは、静かに感情をこめて歌っていた。

″君がこの世界にいる間、僕の人生はなんて素晴らしいのだろうか″と。

2

ユーカからの写真展の提案と、シャルル・ド・ゴールの野ウサギたちと、カフェで聴いた″ユア・ソング″。この三つが葉子の弱った体をニースまで運ばせる原動力となった。

飛行機の窓から光り輝く紺碧《こんぺき》の海、葉子が言うところの世界一美しい水溜《みずたま》りが見渡せた。どこまでも広がる真っ青な海と、町と海を仕切っている白い砂浜。

飛行機はゆっくりと旋回し、ニースの空港に降り立ったのは現地の午後八時過ぎ、成田を発《た》ってから約十六時間が過ぎようとしていた。午後八時を回っていても陽は高く、まるで昼間のように明るかった。

空港を出た瞬間から僕と葉子を、コートダジュールの乾燥した心地よい海風と、それに乗って運ばれてくるほのかな花の香りが包みこんだ。タクシーを拾い、海沿いに建つコンドミニアムへと直行する。

「ル・シャンピニョンへ」と僕は運転手に言った。

「シャンピニョン？」と口髭《くちひげ》を蓄えた人のよさそうな運転手は振り向いて僕に訊《き》いた。

「そう。空港と街の真ん中あたりに建っている、海沿いのペンション」

「おー、シャンピニョンね。あそこはいいところだよ」と言うと、運転手は鼻歌を歌いながら車を走らせた。

「ニースははじめてかい？」

「二回目」

「新婚旅行かい？」

「そう」

「じゃあ、一回目も新婚旅行だな、きっと」

「ハハ」

「日本人？」

「そう」

「いつまでニースにいるんだい？」

「一ヶ月かな」

「それは運がいい。この街で一ヶ月も美人の奥さんと過ごせるなんてね」

歌うように陽気に話しながら、運転手は海岸線の道を走らせた。

葉子は何も言わずに、窓にしがみつくようにして目に染みこむような青い海と青い空に見入っていた。

「何か用があったらここに電話しな」と車を降りる時に運転手は名刺を差し出した。

「別に運転だけじゃなくてもいいさ。レストランでもバーでもカフェでも、この街で知らないことは何もないよ」と言ってフレデリックは右手を差し出した。

「ありがとう。山崎です」と言って僕は握手を返した。

「オーケー。それじゃ、いいバカンスを。ムッシュとマダム山崎」

ル・シャンピニヨンはレンガ造りの三階建てで、花に囲まれた小さなペンションだった。すべての出窓に南仏らしく色とりどりの花が飾られていた。

「一階と三階が空いているけれど」と受付を一人で守っている老女が言った。

「間取りは？」

「どちらも広いリビングにベッドルームがひとつとキッチンとバスルーム」

「どちらがいい？」

「さあ。三階からは海がきれいに見えるわ。バルコニーでコーヒーもビールも食事もできるし。でも、一階には広い庭がついていて、それは素敵よ。海から風が吹くたびにハーブの香りが部屋にたちこめるの。デッキチェアが置いてあるのでお昼寝には最適。もちろん皆さんそこでお食事をしているわ」

僕はちょっと迷って、一階の部屋を選んだ。お昼寝という言葉が決め手になった。

「私の名前はミシェル」

「山崎隆二と」

「葉子です」

「よろしくね」

「こちらこそ」

「じゃあ、お部屋に案内するわ」

文句のつけようのない清潔な部屋だった。約十畳ほどのリビングとキッチンに八畳のベッドルーム。美しいガーデニングが施され、芝生の敷き詰められた小庭の先には、光を浴びた海が青く輝いていた。

「食事はどうなさる？　お疲れでしょうから今晩だけは何か出しましょうか？」とミシェルはにこやかに言った。シルバーグレーの髪が上品に結われていた。

「いや、結構です。ありがとう」

「そう？」

「うん。とりあえず横になりたいので」

「あらあら。それじゃあ、おやすみなさい。私は受付か、自分の部屋にいますから用があったらいつでも声をかけてね」

ミシェルはそう言い残すと、音をたてずにドアを閉めて部屋を出ていった。

「やっと着いたね」

庭の椅子に座り海を眺めながら葉子が言った。海風が優しく葉子の髪に吹きつけていた。

「風が気持ちいい」

「本当だね」と僕は煙草を吸いながら言った。

「ここはいいなあ」

「シャンピニヨンってわかる？」

「キノコじゃなかったっけ」

「正解。ペンション・キノコ」

「キノコ・ホテルかあ」

「色々大慌てで探しまくってね、海が見えるペンションを絶対条件に。それで結局名前が気に入ってここに決めたんだ。街まではちょっと遠いけど、そのかわり静かだし、その分安い。街までは循環バスで、十五分くらいかな」

「へー、大正解だったね。おばあちゃんも優しそうだし」

「あてずっぽうで選んだ割には。少し、横になったら」

「うん。そうする」

「ちゃんとベッドに入ってゆっくり眠った方がいい」

「きれいな海。いつまでもここに座って見ていたいわ」

「空も驚くくらいに広い」

「本当に気持ちがいいな」と言って葉子は目を閉じた。

　晴れ渡った空には、幾筋かの飛行機雲が見えた。それは、この青いキャンバスに誰かがデッサンをしているかのようだった。引き終わった線もあれば、動いている線もある。僕はその動きつつある線の行方をぼんやりと眺めていた。長時間の移動と時差で、頭が溶けていくような不思議な感覚だった。でも、僕はヨーロッパの目的地に降り立ったあとの、このクラクラになる感じが嫌いではなかった。

「ペンと画用紙とクレヨンと水彩絵具が欲しい」

　風に吹かれて、しばらくの間気持ちよさそうに目を閉じていた葉子が言った。

「画《え》を描くの？」

「うん。シャルル・ド・ゴールの野ウサギの画を描きたくなったの」

「明日、買いに行こう」

「それから、ここの海の画」

「明日街に出て、文房具屋を探そう。すぐに見つかるさ。わからなければフレデリックに電話して訊けばいい」

「じゃあ、私寝るわ」

「うん。おやすみ」

葉子がベッドで眠った後、僕は庭の椅子に座り、ビールを飲みながら、海に陽が沈んでいく光景を眺めていた。海を渡ってくる乾いた風が頬に心地よく吹きつけた。

僕はまどろみと覚醒《かくせい》を繰り返した。

そして、自分が心のどこかで現実から逃れよう、あるいは感じないようにしようとしていることに気がついて愕然《がくぜん》とした。

まるで、本当のバカンスをここで楽しんでいるような気分だった。

これでいいのだろうか？

心の中で大きな疑問符が躍っていた。

葉子の体の中で起こっている現実を直視しなくてもいいのだろうか。日本から遠く離れ、ここはまるで別世界のようだ。こうしていると、自分がどんどん欲深くなっていくような気がしてならない。

葉子はもしかしたら助かるのではないか。

奇跡が起こるのではないか。

僕は怖かった。捨てきったはずの望みが、心の底に頭をもたげてくることが怖かった。

とにかく眠ろう。

現実を直視するには、きっと今の僕は疲れすぎているのだ。

3

翌日から僕と葉子のニースでの生活がスタートした。

朝九時に起きて、庭に出て軽い朝食を摂《と》り、徒歩二分の海岸へ出て日向《ひなた》ぼっこ。それからバスに乗ってマルシェへでかける。フルーツやハーブや色とりどりの野菜を三十分くらいゆっくりと見て歩く。そして、フレデリックから教わったマルシェの近くのレストランで昼食。ここのスープ・ド・ポワソンが葉子はいたく気に入って、それだけは残さずにほとんど毎日食べた。僕もこの魚のスープが好きになり、二日に一度は葉子に付き合うようになった。

それから一度ペンションに戻って庭で昼寝。それから葉子が体調のいい日には、ニース駅の近くのシャガール美術館までバスに乗って出かけた。

「シャガールなんて全然興味なかったのにな」と美術館で葉子は言った。

「でも、死ぬと思うと何となく見ていたくなる画なのよ。心が落ち着くの」

そう言ってソファーに座りこんで、三十分以上も同じ画を見ていることもあった。

それからペンションに戻って水彩画を描いた。色調がどうしてもシャガールに似てしまい、二人で大笑いした。

銀色の巨大な飛行機の機体と、その下にできた大きな影。その影の中を隠れたり走り回ったりしている野ウサギたちの画を葉子は何枚も描いていた。

毎日、毎日、同じ場所を走り続ける循環バスのように僕たちはグルグルと同じ場所を回り続けた。同じ場所で目を覚まし、同じ場所に座り、海を眺めた。海辺に並んだ三つのベンチも、空いている限りはいつも決まってその真ん中に座った。毎日同じ場所に座り、同じマルシェに通い、同じものを食べていれば、明日も同じ日がくるのだ、そう信じたかったのかもしれない。

ニースにきて何日かたった日に、バスの中で葉子が僕に言った。

「ここって、老人が異常に多い街だと思わない？」

「うん。確かに多いね。フランス人はパリで働いて、老後をニースで過ごすのが夢だっていうからね。どこかにそう書いてあった」

「じゃあ、よかった」

「何で？」

「だって、ある意味じゃ、それって死ぬための町ってことだものね。だから私にもこんなに居心地がいいのよ、きっと」

僕もその意見に反対ではなかった。ここに来て本当によかったと思うことが何度かあったし、少なくとも新宿の病院の白ずくめの病室で、治る見こみもない治療を受けながら、残り少ない日々を過ごすよりも、ここには色はあるし光はあるし爽《さわ》やかな風も海もある。それが、たとえ死ぬための街だとしても。

僕と葉子はこれまでの人生にはなかったような穏やかな日々を過ごした。葉子の体は日を追うごとに痩《や》せていったけれど、顔つきは柔和になっていった。突然、自分に襲いかかった理不尽な運命をすべて受け入れる、あるいは受け入れようとしているのかもしれない。

僕は側にいて、ただそれを見守っているだけだ。何をしてやれるわけでもないし、何の役にたつわけでもない。ただ、一緒にスープ・ド・ポワソンを食べ、シャガールの画を二時間も並んで眺めながら、勇気づけの言葉を発するわけでもなく祈るわけでもなく、受け入れ難いものを受け入れようとしている葉子の横に座っていてやる、できることはそれだけだった。

ニースに来て一週間ほどが過ぎた日。僕と葉子は海岸のいつものベンチに座って海を見ていた。よく晴れた日の昼下がりで、目の前には目の覚めるような紺碧《こんぺき》の海と空が広がっていた。目を通り越して、胸にまで染みこんでくるような鮮やかな青で、海と空を区別するのが困難なほどだった。

「何だかこんなきれいな空を見ていると」と葉子はベンチに埋もれるようにもたれかかりながら言った。

「それだけで涙が出ちゃう」

そう言う葉子の瞳《ひとみ》がみるみる潤んでいった。

「病気とか、死ぬとかそんなことで人間は泣かないのね」と空と海を眺めながら葉子は言った。

「空の青さとか海の青さとか、人間ってきっと単純で美しいものに感激するのかもしれない。凄《すご》い、空。凄い、海」

「確かに凄い」

「隆ちゃん」

「うん？」

「私が死んで、いつか私のことは忘れていいけれど。それは仕方ないことだし……。でもね、二人で見たこの海の色は覚えておいて」

「うん」

「私のことではなくて、私と見た海の色よ」

「うん。忘れないよ」

「もうひとつだけ」

「何？」

「もうひとつだけお願いがあるの」

葉子は静かな表情をしていた。空からの真っ直ぐな光を反射して、葉子の髪と頬を伝わる涙が輝いていた。僕はその光の粒をじっと見ていた。

「私が死んでも……」

そう言って、葉子は声を詰まらせた。そして、声を振り絞るようにして続けた。

「優しい人でいてね」

僕は何も言わずに、海を見た。透明な水の中に青い水彩絵具を溶かした青い海を──。

「私にしてくれたように、いつまでも優しい人でいて。私が死んで、いつか次に出会った人にも同じように優しくしてあげてね」

「………」

「そうしたら、私、死ぬことなんか少しも怖くない。隆ちゃんがいつまでも、優しい人でいてくれるなら」

それから二人はしばらく何も言わずに海を見ていた。僕は葉子の言葉の意味を考えようとしたが、少しもうまくまとまらない。何かを考えるには、あまりにも海が近過ぎた。

隆ちゃんがいつまでも優しい人でいてくれたら、死ぬのは少しも怖くない、ただ僕は心の中でその言葉を何度も繰り返していた。

目に焼きこまれていくような、完璧《かんぺき》に青いこの海を前にして……。

4

その翌日、僕と葉子は循環するコースを変えた。

葉子がボルシチを食べたいと言いだしたからである。ニースにボルシチを出す店があるのかどうか不安だったが、きっとフレデリックなら知っているだろう。僕は電話を手に取った。

「ボルシチ」という言葉すら伝わらないで、最初は往生した。

「何だいそりゃ」

「だから、ロシアのスープだ」

「だいたいロシアにスープなんかあるのか？　あの国は物資が何もないんで有名じゃないか。みんなウォッカとジョークで飢えをしのいでいるんだぜ」

「ニースにボルシチは似合わないよなあ」

「そりゃ、ボルシチにも気の毒だろう。こんなに温暖な街で食べられたんじゃあ」

「ないか？」

「うん。聞いたこともない」

その電話のやりとりを、葉子はニコニコと笑いながら聞いていた。

「やっぱり、ないってさ」と僕が言うと、葉子は間髪を入れずにこう言った。

「それじゃあ、ボルシチ博士の出番ね」と。

「僕が作るの？」

「そう。マルシェもあるし、こんなに立派なキッチンもあるし。いざとなれば札幌にだって、電話はかけられるわよ」

「そうか」

「どう？」

「じゃあ、やってみるか。きっと、ニースではじめて作られるボルシチということになるんだろうなあ」

「第一号よ」

「わかった。その代わり交換条件がある」

「何？」

「赤ワインを一緒に飲まない？　いつも一人じゃつまんないから」

「了解」

　僕と葉子はバスに乗って、マルシェに行って食材を買い集めた。ボルシチを作るための材料は驚くほど簡単に手に入った。シャンピニヨンに戻り、僕は頭の中にレシピを必死で思い浮かべながら調理を進めていった。ボルシチを僕が作るのは四回目だった。去年と一昨年と一昨昨年《さきおととし》のクリスマス。一昨昨年は二人で迎えた最初のクリスマス。一昨年は約束通り、二人でピロシキにも挑戦して見事に惨敗した。史上最悪と言ってもいい代物のピロシキを、二人で腹を抱え大笑いしながら食べた。結局は中の挽肉《ひきにく》をほじくって食べるしかなかった。昨年はボルシチを僕が担当し、葉子が名誉をかけてピロシキに再チャレンジした。そして、葉子は見事一昨年の汚名を雪《すす》いでみせたのである。それは、サクサクに揚がっていてまったく上々の出来であった。

「えっ、どうしたの、どうしてこんなにうまく？」と僕は唸《うな》った。

「さあ、どうしてでしょう」

「これは、本当にうまい。パン生地も香ばしいし。どうやったの？」と僕が訊《き》くと「企業秘密よ」と葉子は誇らしげに言うのだった。

　もちろん僕はピロシキ博士の認定を葉子に与えた。

　僕は野菜や肉を煮込みながら、まさか今、この季節に四回目のボルシチを作ることになるとは夢にも思っていない自分に気がついていた。これは、僕と葉子が二人で迎える、クリスマスの時だけの特別な料理なのである。グツグツとボルシチを煮込み、何度もそれを掻《か》き回しながら僕は突然、鋭い悲しみの感覚がこみ上げてきてどうすることもできなくなった。

玉葱《たまねぎ》は溶けていったし、人参《にんじん》も肉も時間とともに柔らかさを増していった。トマトは日本のものより酸味が強く、企業秘密のトマトケチャップ大量投入作戦をする必要もなかったかもしれない。じゃが芋を入れる時が近づいている。いつもと変わらない出来映えのボルシチが完成しつつあった。きっと、これは僕が作る最後のボルシチなのだろう。そう思いながら、僕は母親から教わった最後の助言を実行した。

「おいしくなれ、おいしくなれ」そうつぶやきながら煮込むのである。

家族の顔を思い浮かべながら、そう念じるのがロシア流で、ボルシチはそれがなければ完成しないのよ、と母親はどこかから仕入れた知恵を僕に教えてくれた。それが意外とただのおまじないではないのよ、必ずやってみなさいと言って母は笑った。

葉子は庭で昼寝をしていた。

「おいしくなれ、おいしくなれ」

僕はトマトケチャップのような酸味を胸一杯に詰めこみ、ひたすら鍋《なべ》を掻き回した。葉子の顔を思い浮かべ、そうつぶやきながら。

食卓にボルシチとフランスパンと赤ワインが並んだ。

葉子はボルシチをスプーンで口に入れて「美味《おい》しい」と嬉《うれ》しそうに言った。それから、顔を赤くして黙りこんでしまった。約束通り、赤ワインも少しだけ飲んだ。葉子はもう一度、スープを口にして「美味しい」と小さな声でつぶやき、また何も言わなくなった。

しばらくは、そんなことを繰り返した。口に何かを入れるということが、すでに限界に近づきつつあるようだった。

枯れていくアジアンタムの葉のように、葉子の体は目に見えない部分で確実にちりちりと丸まり始めていたのかもしれない。僕はその予兆からなるべく目を逸《そ》らしながら、食卓にいた。どんなに上部の葉が美しい緑に生い繁っていたとしても、アジアンタムブルーは下部の目につかないところから何の前触れもなく始まり、そして気がついた時には全体に広がってしまっている。葉子の体は、おそらくはほんのわずかな部分を残して、止めようもなく葉が丸まり始めている状態なのだろう。そして、そのほんのわずかに残された部分で、僕とこうして生きているのである。もう、ボルシチを飲めるような状態ではないことを、僕も葉子も十分に認識していた。でも、たとえ飲みきることができなくても、きっと僕らにはこのロシアのスープが必要だったのだ。

「隆ちゃんはボルシチ博士で……」と少量の食事をすませた葉子は言った。

「鳥博士」

「違うよ、ボルシチ博士のあとは？」と葉子は目を輝かせて言った。

「そうかあ」

その夜、僕は葉子とセックスをした。

悲しくなるほどに痩せこけた葉子の体を僕は抱いた。性欲よりも愛《いと》おしさばかりが募って、僕の性器はなかなか硬くならない。葉子は一生懸命、指で刺激して、そして舌を這《は》わせた。はじめのうちはなかなか濡《ぬ》れなかった葉子の性器も、おたがいにそうやって舐《な》め合っているうちに少しずつ潤いを帯びてきた。僕は葉子の性器にペニスを挿入して、ゆっくりと腰を動かした。

窓から射しこむ月の頼りない光の中で僕と葉子は体を交じえた。間断なく繰り返される波のざわめきの中で、か細い、それでも確かな葉子の歓喜の声が響き渡った。

細い脚を大きく開き、葉子は僕を少しでも深く自分の中に受け入れようとした。

「どんなに、深く深く、そしてひとつになっても埋められない、私と隆ちゃんの隙間にあるほんのわずかなものは何なんだろう」

その葉子の言葉が、蘇《よみがえ》っては消えていった。そのことに思いを馳《は》せることが、きっと人を愛するということなんじゃないかな、という僕の言葉も……。その隙間は今も存在しているのだろうかと僕は思った。その隙間を今も感じながら、葉子は僕の性器を体に受け入れているのだろうか。

その隙間にあるほんのわずかなもの――。

それがあるからこそ、僕たちはそのことに思いを馳せるのではないだろうか。

葉子は痩《や》せた体をくねらせ苦しそうに顔を歪《ゆが》ませながら、歓《よろこ》びを表現した。死ぬために訪れた、南フランスのホテルの白いシーツの上で僕の首に手を回し、しがみつき、控えめに腰を動かし、「隆ちゃん」と何度も僕の名を呼び、「私、幸せ」と叫び、やがて葉子は小さなオルガスムスを何度か迎え、その波はどんどん重なり合うように大きく膨れ上がっていき、それは止めようもなくなって、やがて僕も痙攣《けいれん》を続ける葉子の性器の中に射精した。

レースのカーテン越しに海からの優しい風が吹きこんできた。柔らかく微かな風だった。

「へんね」と葉子は僕の耳元で囁《ささや》いた。

「私、もうすぐ死ぬのに。それなのに、セックスするなんて」

僕は何も言わずに葉子の髪を撫《な》でていた。

「死ぬことと正反対のことをするなんて」

「そんなことないよ」

「どうして？」

「だって君は今、生きているんだもの。そうだろう？」

「もうすぐ確実に死ぬのよ」

「でも、今は確実に生きている。それにね」

「それに？」

「ボルシチ博士のあとはセックス博士」

「四回目ね、このコース」

「決まりなんだから」

窓から新しい風が吹きこんできた。薄いタオルケットを肩までかけた。

「隆ちゃん、私……」

「何？」

「私、幸せ。生まれてきて、きっと今が一番幸せ」

そう言って葉子は僕の手を柔らかく握った。そして、すぐに静かな寝息をたてはじめた。

月の光が映し出す葉子の寝顔を、僕は眺めていた。

葉子は穏やかに眠っていた。その表情を見ていて、僕は思った。

僕も幸せだと。

心から、そう思った。

葉子が言ったように、僕も生まれてきてきっと今が一番幸せなんだと。

こんなに優しい光と風と波の音に囲まれ、そして横では君がすやすやと眠っている。

今、僕たちは何かに勝っている。この二人の手で何かを確実に摑《つか》もうとしている。いや、すでにもう手に入れているのかもしれない。

幸せだ、という君の言葉。それよりも強力な武器が今の二人にあるだろうか。それよりも強い力がこの世にあるだろうか。

君の体を、おそらくは今も蝕《むしば》み続けているだろう、癌という最悪の病魔。それを、誰も止めることはできない。しかし、それがいったい何だというのだろうか。手遅れの最悪の末期癌に冒されていても、それが治癒しないことも理解し、自分の最期が刻々と迫って死の足音が聞こえてくるたった今でも、君は幸せだという。

だから、僕も幸せなのだ。

それならば、いったい何が、これから先の僕たちに立ちふさがることができるだろう。

僕は庭に出て、デッキチェアに寝転がって赤ワインを飲んだ。

濃紺の空に穴を空けたような、白い大きな満月が浮かんでいた。月は僕が思っているよりも遥《はる》かに強い光を放っていた。海に反射する光の帯が、ゆらゆらと揺れながら、真っ直ぐに僕の方に向かって伸びてきていた。

「子供の頃は、胸が押し潰《つぶ》されるように死ぬことが怖かったのに、不思議なくらい今は平静なの。きっと、死ぬことってわからないことだから、怖かったのね。それで、今の私にとってはそんなにわからないことでもないから」

昼間の葉子の言葉が蘇ってくる。

「あんなに怖かった死が怖くないんだから、きっともう私には怖いものなんかない。隆ちゃんさえ側にいてくれたら怖いものなんかない。それって、無敵ってことよね」

「無敵?」

「そう、隆ちゃんが私を無敵にしてくれた」

「僕もいつかなれるかな、無敵に」

「なれるよ。無敵の強さ、無敵の優しさ。今だって隆ちゃんの優しさの力が私を支えてくれている、こんなにしっかりと」

月が雲に隠れると、あたりは瞬く間に暗くなった。僕に向かって伸びてきていた光の帯は消え失《う》せて、海は漆黒の中に静まり返った。僕は煙草に火を点《つ》けて、胸に吸いこんだ。

無敵になれ。

無敵の強さ。

そして、無敵の優しさ。

葉子の強いメッセージが聞こえてくるような気がした。厚い雲に隠れた月はなかなか姿を現そうとしない。僕は煙草を吸いながら、再び月が現れるのを待ち続けた。

ボルシチを食べて、セックスをしたことが、何を意味するのかを僕は知っていた。わからないように、気がつかないようにしようとすればするほどに、僕は自分が知ってしまったことから逃れることができなくなった。

ニースで迎えた、四度目の聖なる夜。

この夜を月の光で照らし出して欲しかった。

葉子はもう限界か、それに近い。もう彼女の死はすぐそこに迫っている。

僕は月を待ち続けた。

そして、僕が葉子のために無敵になれることを祈った。意味のある死というものがこの世にあるのかどうかはわからない、しかし、きっとそれが葉子が死んでいく意味なのだ。

無敵になれ。

そう僕は心の中で念じた。

それが、葉子と僕がこの世で出会った意味なのだから。

5

フレデリックはちょっとお節介だったけれど、フランス人らしく陽気な男だった。用事があろうとなかろうと、一日一度は僕らのペンションに様子を窺《うかが》いにきた。三十二歳ということだが、二十代半ばくらいに見える。

「今日は天気がいいからモナコでも行かないか」とか「海岸線を走ると気持ちがいいよ」とか、色々提案をしてくれるのだが、残念ながらそれに応《こた》えることはなかなかできなかった。三、四回、ホテルからシャガール美術館まで乗せてもらっただけであった。しかも料金を払ったのは最初の一回だけで、あとはいくら払うといっても断固拒否するのである。

しかし、それはフレデリックの作戦で、そういう日の夜は必ず飲みに行こうと誘いがかかってくるのだった。

その何回かに一度、僕は彼の誘いに乗った。

どこまでも明るく、陽気な酒だった。

飲まなくてもただでさえ陽気な男が、飲めば飲むほどに陽気になった。

「日本人の女の子っていうのは、みんな葉子のように小さくて可愛いのかい?」というのがフレデリックの行きつくところの最大の関心事だった。アンという名前のなかなか美しい恋人がいるのだが、朝から晩まで会えば喧嘩《けんか》ばかりしているということだった。

「まったく、フランス女ときたら」と酔うとフレデリックは僕に口癖のように言った。

「気ばかり強くて、男に何でも押しつけて、最悪だよ。ただし……」

「ただし?」

「ベッド以外はね」

「ハハ」

「フランス女はベッドに上った瞬間に、別の生き物のように従順になる。快楽に貪欲《どんよく》だから。しかし、ベッドから下りた途端にまた元に戻る」

もうひとつのフレデリックの口癖が「クレタン・レ・ザルプ」というものだった。品の悪いフランス語で直訳すれば「アルプスから来たバカ」、つまりアルプス級の大バカというような意味だった。車を運転中も、酒を飲んでいる最中も、町を歩いている時も、ちょっとフレデリックの気に障るような行動を取っている人間はすべて「アルプスバカ」ということになるのだ。

「フランス人と日本人と、女の質はどっちがいいと思う？」とフレデリックが言うので「わからない」と僕は答えた。

「なぜだい？」

「だって、僕はクレタン・ラ・フジヤマだからなあ」と僕が言うとフレデリックは抱きつかんばかりに、大喜びするのだった。

「葉子は一緒に飲みにこないのかい？」

「うん。部屋で一人でいるのが好きなんだ」

「日本女性はみんな葉子のように奥ゆかしいのか？」

「そうかもね」

「俺にも、今度そういう女の子を紹介してくれよ」

フレデリックに真顔で言われて、僕の頭の中になぜかユーカの顔が浮かんできて吹き出してしまった。

「このフランスのエロ豚野郎!! アルプスバカ!!」という叫び声まで想像できて、笑いが止まらなくなってしまった。

「何がおかしいんだい？」

「いや、君にピッタリの女の子がいて」

「名前は？」

「ユーカ」

「ユーカかあ。美しい響きだ。菓子のように愛らしくて、奥ゆかしいか？」

「ああ、保証する」

「紹介してくれるか？」

「いつか紹介するよ」

「じゃあ、今度会ったらコートダジュールで最高のタクシードライバーがいるって言っておいてくれ」

「アルプス出身だけどな」

「ハハハ。俺、若く見えるだろう？」

「うん。二十五、六歳に見える」

「隆二だって、そう見える」

「バカが若く見えるのは、日本人もフランス人も共通なんだな」

「アルプスか富士かの違いで」

「まったくだ」

そんな話をしながら、僕らはネグレスコホテルの近くのカフェで生ビールやワインを飲み、オリーブの実やチーズを齧《かじ》っていた。

「風が気持ちいいね」

僕はグラスワインを飲みながらフレデリックに言った。

「ああ、特に夜はね」

夜の海の上に月の光が揺れていた。

「なんて言ったって、ここに吹く風はアフリカからの風だから」

「アフリカから？」

「そう。だから心地よく乾いている」

「飛行機ですぐだろう」

「うん。一時間半くらいかな」

「行ったことは？」

「ない」

「なぜ？」

「なぜって、アフリカにこれといった用事はないからね」

僕は毎日のように電話をくれて週に一度くらいは、こうして一緒に酒を飲むフランス人のタクシードライバーにほのかな友情のようなものを感じ始めていた。日本人には言えないようなことも、彼には正直に言えるような気がした。

「葉子って」と僕は静かに言った。

「うん？」

「もうすぐ死ぬんだ」

「何だって？」

「死ぬためにここに来たんだ。癌の末期でもう助ける方法がないって、医者からさじを投げられちゃってね。それで、この町を死に場所に選んだ。それが、彼女の最後の希望だった」

「そんなバカな」

「現実だ」

フレデリックはあきらかに動揺していた。グラスの赤ワインを一気に飲み干して、そして追加を注文した。グラスを持つ手はがたがたと震え、「本当か？」と自分の顔をさすりながら何度もうめくようにつぶやいた。

「本当だ」とそのたびに僕は答えた。

それから、フレデリックは先ほどまでの饒舌《じょうぜつ》が嘘のように黙りこんでしまった。

僕は目の前に広がる黒い海を見ていた。アフリカから渡ってくる風を頬に感じていた。

「とにかく」とフレデリックは声を振り絞るようにして言った。

「困ったことがあったら、僕の顔を思い出してくれ。今は申し訳ない、それしか言うことができない」

「ありがとう」

フレデリックの深いブルーの瞳《ひとみ》が、海からの月の光を反射して輝いていた。

「どうすることもできないんだ」と僕は独り言のように言った。

「本当にもう、どうすることもできないんだ」と。

6

九時頃ペンションに戻ると葉子の姿が見えない。ベッドにもバスルームにも庭のベンチにもどこにも見当たらない。

うろうろ捜し回っているうちに、僕はテーブルの上に小さなメモを見つけた。

「ミシェルの部屋にいます」という走り書きが残されていた。

僕は慌てて、ミシェルの部屋をノックした。

「どうぞ」という声が聞こえてきた。

ドアを開けると、ソファーにミシェルと葉子が並んで座っていた。

「葉子にボルシチをおすそわけしてもらったのよ。たくさん作り過ぎちゃったからって」

それからしばらく、気まずい沈黙が流れた。よく見ると、ミシェルが葉子の手を握り締めていることに気がついた。

「隆二。この子ね、ボルシチを持って私に謝りにきたの、急にもうすぐ死ぬんだっていうから私びっくりしちゃって」

葉子は目を閉じて、ミシェルに手を握られるままにしていた。

ずいぶんと顔色が悪かった。

「悪い病気なんだって?」

「癌です」

「この街に死ぬためにきたんですって?」

「そういうことです」

「可哀相、本当に可哀相に。まだこんなに若くて美しい子が……」とミシェルは俯《うつむ》き、握った手に目を落とした。

「お母さんも亡くされたそうね」

「はい」

「本当に、気の毒で何て言ったらいいのか」

「いえ、こちらこそ黙っていて申し訳ありませんでした」

葉子は眠っているようだった。眠っていないとすれば、それと同じくらいに平穏な気持ちでいるように見えた。顔色は悪かったけれど、心は凪《な》いでいるように見えた。

まるで母親に手を握られているように、葉子は静かだった。

「なぜ、日本人はそんなにすぐに謝るのかしら。葉子もごめんなさい、ごめんなさいって。可哀相に、何も悪いことなんかしていないのに。あなたたちは大人しくて、そしてとても仲がよくて、二人でいつも寄りそうようにしていたわ。隆二が葉子を愛していることが、微笑ましく伝わってきた。まさか、葉子がそんな病気だなんて知らなかったから、ただ長いバカンスを楽しんでいる仲のいいカップルとしか思っていなかったから……」

ミシェルは慈しむように、葉子の手を優しくさすり続けていた。

「私もね、八年前に夫を亡くしたの」

「そうですか」

「それは、それは寂しいものよ。この町一番のキノコ採りの名人だった」

「それで、シャンピニヨン」

「そう。それまではどうってことない名前だったんだけど、三年前に改装した時に私が名前を変えたの」

「東京で何の予備知識もなく、ただこのペンションの名前に惹《ひ》かれてここを選んだんです」

「夫の力ね、それは」

「旦那《だんな》さんの力」

「そう、まだそうやって、色々な形で生きている人間に影響を与えているのよ。だから、彼はまだまだ完全に消えたわけではない。葉子だってそう、これから何年も何年も色々な形で生きている人に影響を与えていくのよ」

「そういう風に考えたことはありませんでした」

「葉子はここで死ぬかもしれない。それを、黙っているのが心苦しくて、そして今日、泣きながら何度も何度も私に謝った」

「僕が黙っていろと言ったんです」

「なぜ?」

「追い出されたら、他に行き場所がないから」

「追い出す?　なぜ?」

「それは、ペンションのイメージだとか」

「亡くなられたら、それは出て行ってもらいます。でも、生きているお客さんをどうして、私が追い出すの。何も悪いことをしているわけじゃないのに」

葉子は眠っているようだった。

ミシェルはその手を握り締めたまま、静かな声で言った。低いトーンで話される一言一言が胸に響きわたった。死んでいく娘をかばう母親のようだった。その横で、葉子は安心しきった表情で眠り続けている。

「どうぞ、あなたたちがいたい日まで、いつまでもここにいらっしゃい」

ミシェルは銀縁の眼鏡を空いている方の手で軽く持ち上げると、僕の目を見てそう言い、そして小さな優しい笑みを作るのだった。

7

次の日もニースの空はよく晴れ渡っていた。

僕は葉子を連れて海岸へ出た。

海岸ではビキニをはずした上半身裸の若い女性たちが大勢日光浴をしていて、僕と葉子はぼんやりとそれを眺めていた。

「おっぱいって色々だね」

「本当だね」

「こんなにたくさんのおっぱいを一度に見ることってなかなかないもんね」と葉子は眩《まぶ》しそうな目で海の方を眺めながら言った。

そして、しばらく黙りこんだ。

真っ青な海の上を、白い海鳥が滑るように飛んでいた。沖の方では大きなヨットが風を受けながら、水を切るように走っていた。

世界一美しい水溜りだ、と葉子が言った光景が目の前に広がっていた。

静かだった。

何もかもが色鮮やかで、こんなにもたくさんのおっぱいに囲まれているのに、不思議なくらいに静かな光景だった。ただ抜けるような大きな青空と、その空の色をそのまま溶かしたような濃いブルーの海が広がっていた。

僕と葉子はもたれ合うようにベンチに座り、耳を澄ませていた。海と空の音、微《かす》かに吹いてくるアフリカの風の音、僕たち二人を包みこむ、ありとあらゆる光と影の音に……。

大きく広がる海と空は、その先にあるものに思いを馳せることが無意味に思えるほどの圧倒的な輝きを放っていた。

「平和だね」と葉子は小さな声で言った。

「うん。平和だ」

「不思議な感じがしない？」

「うん。不思議な感じがする」

「今日も、抱いてくれる？」

「もちろん」

「明日も？」

「もちろん」

「私ね、最近いつも同じことばかり考えているの。こんな風景を見ながら」

「何？」

「もう一日だけね……」

「…………」

「もう一日だけ、こうして隆ちゃんと一緒にいたいなあって。こうやって同じ空と海を見ながら、しょうもないことをしゃべって、同じことを感じていたい」

「平和だとか？」

「そう」

僕は葉子の肩に手をかけて、胸の中に抱きすくめた。

「うまく言えないけれど」と僕は言った。

「うまく言えないけれど、僕が生きている限りは、僕たちはいつまでも一緒だよ。僕が葉子のことを覚えている限り、君は僕の心の中で生き続けている。それを信じてくれる？」

「うん」

「信じられるかい？」

「うん」

「じゃあ、葉子は僕の中に引越しをする、それだけのことだろう」

「うん」

「愛しているよ」

「えっ？」

「僕は君を愛している。それだけははっきりと伝えておくよ」

「はじめて、聞いた。隆ちゃんがそんなこと言うの」

「僕と君の間に、今は何の隙間もない。埋めるべきものは何もない」

「うん」

「そう」

「不思議だとか？」

「僕はそれを信じている」

「うん」

「強く強く、それだけを信じている」

伸びやかな肢体を極限まで解放させて、葉子とほとんど同世代の女性たちが体中に太陽の光を浴びていた。まるで作り物の彫像のように美しく官能的な体のラインは、生きていることの歓《よろこ》びを誇示しているかのように、透き通るように白く光り輝いている。

そのわずか五メートルほどの場所に僕と葉子は座っている。

そう遠くはない死を感じながら、しかし葉子の体にも同じように、南仏の太陽が降り注いでいる。

それでいいのだと僕は思った。

彼女たちは伸びやかに生き、そして葉子は死んでいく。

きっと、それでいいのだ。

「写真、撮ろうかな」と葉子は海に向かって独り言のように言った。

「水溜《みずたま》りの写真？」

「ううん。それはもういいの」

「じゃあ、何？」

「何かな。目に映るものを何でも」

「カメラを取ってくる」

「お願い」

部屋に戻り、カメラを取って海岸に戻ると、変わらない姿勢で海に向かっている葉子の後ろ姿が見えた。小さな後ろ姿だった。髪の毛が風に吹かれてなびいていた。よく見ると、太陽と雲の加減で、葉子の座っている場所がスポットライトを当てられたような、明るい光のサークルになっていた。その輪の中に囲まれるように葉子は座っていた。美しい光景だな、と僕は思った。息を飲むように美しい光景だな、と。

「二人の写真を撮ろう」と葉子は明るく言った。

「二人で並んで、海を見ている写真」

「オーケー」

「後ろから撮ろう」

僕はテラスの柵《さく》にカメラを置いて、セルフタイマーをセットした。それから、二人でぼんやりと海を眺めた。

「もう一枚」と葉子は言った。

そうやって、四、五枚の写真を撮った。

「今度は前から」と僕は言った。

「顔はいやだな」

「僕にしがみついて隠れればいい」

「そうかあ」

そして今度は海側の見張り台の上にカメラを置いて、セルフタイマーをセットした。葉子は僕の腕にすっぽりと隠れるようにしがみついてきた。まるで、僕の胸の中に吸いこまれていくように、そしてそれだけを望んでいるかのように。

「カシャッ」と乾いた音をたててカメラはその光景を記録した。

それは、死ぬわずか一日前の葉子の姿である。


しばらく二人は動かずに、そのままの姿勢で海を見ていた。

「シャガールを見たい」と葉子は言った。

「いいよ」

「でも」

「でも？」

「ごめんね、隆ちゃん。もう私、動けないの」

「フレデリックを呼ぼうか、飛んでくるよ」

「人に会うのも疲れちゃう」

「じゃあ、部屋で休もうか」

「それもいや」

「じゃあ、どうする?」

「このままでいよう。ここに」

それから、葉子は僕によりかかって目を閉じてまどろんだ。太陽の下での体力の消耗を心配したが、しかしそれはもう考えても仕方のないことだった。葉子のいたい場所に、葉子がいたいだけいればいい。

そのまま三十分ほど過ぎた頃、海の上に海鳥が集まってきて激しい鳴き声をあげた。魚の群れを見つけたのだろうか、グルグルと輪になって飛び、海に飛びこみ、そんなことを繰り返しながら興奮して騒ぎたてている。

その声に葉子はまどろみから目を覚ました。

「あっ」と言って葉子は海の上を飛び交う鳥たちを指差した。

そして、言った。

「カモメだ」

「えっ?」

「カモメだよ、隆ちゃん」

やったね、葉子、と僕は心の中で叫んだ。鳥音痴の君が、はじめてカモメとウミネコを間違わないで言えた。

「そう」と僕も鳥を指差して言った。

「あれはカモメだよ」と。

　そう言った途端、僕の目から涙が溢《あふ》れて止まらなくなってしまった。無理にこらえようとすると、嗚咽《おえつ》になって零《こぼ》れそうだった。

「あれは、カモメだ」と僕は泣きじゃくりながら、鳥を指差す葉子の指を握り締めて、絞り出すようにそう言った。鳥を見るたびに、鳥の名前を叫ばなければ気がすまなかった葉子。そのたびに間違えて僕に教えを請い、不思議そうに小首を傾げていた葉子。その様々なシーンが胸をよぎり、蘇《よみがえ》り、僕はどうしようもなくなってしまった。

「あれは、カモメだ」と僕は叫んだ。

「そうあれは、カモメだよ」と。

　そして僕は思った。

　君の指差す美しい海の先には、アフリカがあって、そしてその大地には、きっと君には想像もできないほどのたくさんの種類の鳥がいるんだよ。その君の指差す、海の先には……。

　今の僕は、こんなに情けなくて、無敵じゃない。でもお願いだから、今だけはこうして君の指を握り締めて、そして涙を止められないことを許してくれ。

　君の指差す、その先にいる鳥たちの姿を、葉子、僕はどうしても君に見せてあげたかったんだ。
その指の先の、君がまだ知らない鳥たちの姿を……。

a.b. 5

ニースから持ち帰ってきたものを整理しなければならない。それなのにどうしても開ける気になれず、もう三ヶ月も奥の部屋に投げたまま放っておいたスーツケース。

僕はリビングに置いた九十センチの大型水槽を眺めながら考えていた。もうセットしてから二週間も過ぎているというのに、どうしても水がきれいに仕上がらない。小さな浮遊物が浮かんでいて、それが水流に押されて果てることのない回遊を繰り返していた。

ディスカスを飼おうと決心はしたのだが、水が仕上がらないうちに、あの神経質な魚を入れていいものかどうかを、いつまでも決めあぐねていた。

とりあえず、駄目でもいいから一匹入れてみようか。僕は間欠的に襲ってくるその誘惑にじっと耐えていた。ただ水が回り続けるだけの空っぽの水槽。でももう少ししたら、状況は改善されるはずだ。きっと僕の目に見えないところで、バクテリアが発生し生態系を築き上げようとしているはずだ。そうなればその生態系をより強固なものにするためのパイロットフィッシュを投入できるだろう。

I

不思議なもので、空っぽの水槽を眺めているだけでも、結構心が落ち着いた。水の力なのだろうか、それを見ているだけでずいぶんと寂しさを紛らわすことができるような気がした。

頭の中には、いつか新宿で聴いた、女の子が二人で立って生ギターで歌う〝エピタフ〟が流れていた。夕暮れの空を切り裂くように響いてきた、クリムゾンの名曲〝エピタフ〟の切ない調べ。

〝混乱がやがて私の墓碑銘となるのだろう〟

空っぽの水槽は考えてみれば、葉子を失って僕の心の中にできた空洞のようにも思えた。様々な浮遊物が、僕の心の中でも果てしない回遊を続けている。一日も早く、その塵《ちり》のような胸の痛みをフィルターが捕まえてくれることを望んだが、なかなか思うようにはいかなかった。

葉子の思い出が透明なものになっていくには、あまりにも記憶が生々し過ぎる。手には撫《な》でた髪の感触も、触れた頬の温《ぬく》もりも消えることなく残っている。

「シャガールを見たい」とベッドの上で葉子は譫言《うわごと》を繰り返した。

「行こうか?」と僕が訊《き》くと、ううん、と力なく首を横に振った。たとえフレデリックが運んでくれたとしても、もちこたえる体力がないことが葉子にはわかっていたのだと思う。

その夜は暗く静かな夜だった。

葉子は眠り、そしてその横で僕も眠った。

夜中に葉子の呼吸が乱れていることに僕は気がついた。

「大丈夫？」という僕の言葉に返事はなかった。

「葉子、大丈夫か？」

僕は慌てて飛び起きて、葉子の手を握り締めた。

葉子は力なく僕の手を握り返した。しかし、それは驚くほど弱々しい。

僕はスタンドの灯《あか》りをつけた。一瞬、葉子がいやいやと首を振ったように見えた。だから、すぐに電気を消した。それでも、葉子は首を振り続けた。

それは死んでいくことへの最後の抵抗なのだろうか。最後の最後に葉子はほとんど消え失《う》せた体力と精神力でそれに抗《あらが》っているのだろうか。ただ首を振ることで。

僕はベッドから出て〝ユア・ソング〟をかけた。そして、再び葉子の手を握り締めた。

それ以外に何をすることもできなかった。

「葉子」

いくら呼んでも返事は返ってこない。

「葉子、葉子、葉子……」

僕は耳元で叫び続けた。返事はできなくても、きっと聞こえているはずだと信じた。

蠟燭《ろうそく》の炎が消えるようにふっと亡くなっていく、という山根の言葉が蘇《よみがえ》ってきた。

葉子は微《かす》かな力で僕の手を握り返した。

そのわずかな手の力で僕に何かを伝えようとしていた。僕はその葉子の声にできない声に必死に耳を澄ました。おそらくはもうそこしか動かすことのできなくなった指の先で、僕に何かメッセージを伝えようとしている。

大切な大切な何かを。

「葉子、聴こえるかい？　〝ユア・ソング〟だよ。そして僕が側にいる」

呼吸は弱まり、あきらかに回数が減っていく。指先は何かの意志を感じさせるものではなく、震えに近くなっている。それは、どうすることもできなかった。

僕は葉子の唇にそっと唇を重ねた。

感謝と敬意と愛をこめて。

そして僕は葉子の上に覆い被《かぶ》さり、抱きすくめた。いつも吸いこまれるように僕の胸に抱きついてきた葉子だから、きっと今もそうしていたいだろう。

そう思った。

そう信じた。

「そうだろう、葉子？」

返事はなかった。

ひときわ大きな闇が静かに僕らの上に舞い下りたように感じた。

その闇の中で、やがて、葉子は完全に呼吸することをやめたのだった。

僕は窓際の床の上に膝《ひざ》を抱えて座りこみ、ただ葉子の姿を眺めていた。

空が白み始めていた。

僕は無力だった。

その無力さを両手の中に握り締めて、座りこんでいた。

心の中で、何かを祈っていたような気もする。何に向かってでも、誰に向かってでもなく、ただ心の中で何かを祈り続けていたような気がする。

水槽の水がやがて透明になっていくように、葉子の記憶もそうなっていくのだろうか。果てしない回遊を続ける塵を見ながら、僕はもう一度そう考えた。濁った水に、真上から照らしつける蛍光灯のライトが筋を作って、底の方へと伸びている。それは、それでなかなか幻想的な光景と言えなくもなかった。とにかく、部屋の中に水槽があって水が回っている。それだけで僕の心はずいぶんと慰められている。

魚が一匹も入っていない水槽は、思えば本当にただの水溜《みずたま》りのようなものであった。葉子がそこから何かを感じ取り続けたように、僕もその前で気がつかない何かを探ろうとしていたのかもしれない。水槽に映し出されてはじめて目にできる何か……。

フレデリックは本当にいいやつだった。

あの朝、僕は何をどうしていいかもわからずに、フレデリックに電話をかけた。

「葉子が死んだ」とだけ僕は言った。

「いつ?」

「つい、さっき」

「待ってろ、すぐに行くから」

十分後にはフレデリックが部屋に入ってきた。それから、病院に行ったのか警察署に行ったのか、あるいは警察病院だったのかはわからない。とにかく、フレデリックが次々と事務処理を代行し、そして領事館と葬儀屋に電話をしてくれた。

ニースを発《た》つ日、フレデリックは空港まで僕を乗せていってくれた。

「何て言ったらいいかわからないけれど元気だせよ、隆二」

「うん。本当に色々とありがとう。この恩は一生忘れないよ。また会えるかな?」

「もちろん、いつでも会えるさ」

「じゃあ」

「また近いうちに来てくれないと、俺は君のことを一生なんて覚えていられない」

「オーケー」

「何しろ、アルプス級のバカだから」

「ハハ」

「元気でな、富士山級の……」

「バカだろう？」

「そういうことだ」

2

僕は奥の部屋からスーツケースを引きずってきて、リビングでそれを開けた。二冊の鳥の図鑑が入っていた。一冊は葉子が愛読していたもの、そしてもう一冊は棺《ひつぎ》の中に入れようと用意していたものだった。しかし、僕は結局のところ、その二冊ともを持ち帰ってきた。

本は死んだ人間ではなく生きている人間にこそ必要なものであるという、編集者としての気持ちが棺に入れることをどうしてもためらわせた。

それで、よかったのだと思う。

何気なく鳥類図鑑をぱらぱらとめくっていると、その間に葉子の手紙が挟まっていることに気がついた。ニースで僕がフレデリックと飲んでいる時に書かれたもののようだった。

この中にメッセージを挟んだということは、葉子自身もこの図鑑を燃やすなんていうことは考えもしなかったのだろう。

その手紙は〝日本の小鳥〟というページに挟まれていた。

葉子はシジュウカラやメジロが決してきれいなスズメではないことを、研究していたのかもしれない。

〝隆ちゃんへ

葉子は本当に幸せ者です。

心からそう思っています。

私の存在はきっと隆ちゃんの中で、年ごとにあるいは月ごとに、小さくなっていくでしょう。それで、いいのです。ただ、どんなに小さくなっても、水溜りくらいにしておいてください。小さな小さな水溜りくらいにね。

なぜ幸せかと言うと、それは私が隆ちゃんを、隆ちゃんが私を、愛しているという確信を持てているからなのだと思います。おたがいをいたわり合っているこの思い。二人で過ごしたニースでの時間。それは何よりも強いものだと思うのです。これから先、どんなことがあってもそれが覆ることは、もう永遠にないのです。だから葉子は幸せだし、幸せなまま死んでいけるのです。

ありがとう、隆ちゃん。

私に誇りをくれて本当に本当にありがとう。

心から、愛しています。

そして、さようなら。

葉子〃

私に誇りをくれて、という言葉が胸を衝《つ》いた。

その言葉が、アジアンタムの葉のように丸まりかけている僕に、どれだけ誇りを与えてくれているかわからなかった。まるで霧吹きの水のように、枯れた心に染み入った。

私に誇りをくれて本当に本当にありがとう。その言葉が、今もそしてこれからもきっと僕を支え続けてくれるのだろうと思う。

僕は葉子を失ったことで、本当にこの手にしっかりと何かを握り締めなければいけないのだ。しっかりとした何かを得て、生きていかなければならないのだ。

アジアンタムが憂鬱《ゆううつ》の中から蘇《よみがえ》っていくように、そして蘇ったアジアンタムこそが強く根を張り巡らすように——。

憂鬱の中からしか、摑《つか》めないものがある。

それを、この手にしっかりと摑むのだ。

笠井にも僕を組み伏せた警備員にも、それを取り囲んだ薄笑いにも、取調室で刑事から受けた屈辱にも、死の恐怖にも、無限や死や宇宙への恐怖にも、ヒューズの苦しみからも、すべてに打ち勝つのだ。R.Y.ではなくて山崎隆二として。天女にもヒロミという幻想にも美津子の思い出にも頼らずに、自分自身の力で。


ユーカと高木が奔走してくれたおかげで、葉子の写真展の会期と会場が決まった。それほど大きくはないが銀座の洒落《しやれ》た画廊である。

葉子が撮り続けてきた何万枚もある水溜りの写真を選別し、引き伸ばしていくのは気の遠くなるような作業だった。

高木が応援を頼んだ早乙女が駆けつけてくれた。全員まったくのボランティアにもかかわらず、寝る時間も惜しんで働いた。葉子というひとつの水溜りに引き寄せられるように、次々と人間が集まり、写真展を成功させることに集中した。

「あの子、元気にやってる?」と僕は早乙女に訊《き》いた。

「ユリ?」

「そうそう、泣き出しちゃった子」

「それがねえ、結局逃げ出しちゃって」

「ええっ？」

「何もかも、みんな事務所に押しつけて」

「それで、すむの？」

「すむわけないわ。必ず捕まるし、そうでなかったら私がとっ捕まえて、最悪のソープランドにぶちこんでやる」

　皆で手分けして百点の写真を選び、引き伸ばし、題名と撮影場所と年月日を入れて陳列した。写真に題名をつけるのが僕の主な役割だった。

　ユーカの発案で、最後の一枚は大きくは引き伸ばさずに、わざとサービス判で飾ることになった。どこにでもあるそのサイズの方が、見る側に訴えるものがあるのではないかという発想だった。

　ニースの海に向かって並んでベンチに座る、葉子と僕の写真だった。二人は兄妹のように寄り添い、真っ青な海を眺めている。僕は顔を伏せて煙草を吸い、葉子はその僕の胸の中にすっぽりと姿を隠していた。

〝「この海の先にあるもの」
1991年6月20日　ニースにて

続木葉子　死の前日〟

という簡単なキャプションを写真に添えた。

ユーカも早乙女も、この小さなサービス判の写真を見るたびに目が涙で一杯になった。写真展の前日、二人は小さな薔薇《ばら》の花束を持ち寄って、最後の写真の下に捧《ささ》げた。赤とピンクとレモン色の鮮やかな薔薇の花束だった。

ユーカは準備期間中、泣いてばかりだった。葉子が可哀相だと言っては泣き、何もしてあげられないと泣き、そしてこんなに泣いてばかりでは女王失格だと言っては泣いた。

そうなのかもしれない、と僕は思った。

ユーカは女王失格で、きっとそれでいいのかもしれないと。

「私、この仕事やめて、ちょっと休養しようかと思っているの」

「それも、いいかもしれない」

「ヨーロッパに行って、それでね、ニースの海に花を捧げてこようかと思っているの」

「それも、ありかもしれませんね」と僕は言った。

「そう？」

「うん、休息は必要だと思う。ニースに行ったら、フレデリックっていうコートダジュール一のタクシードライバーがいて、ユーカさんはどこでも何日でもただで案内してくれることになっている」

「それ、本当?」

「そういう風に話はついている」

「へえー。いい男?」

「ああ、凄《すご》くいい男、しょうもないジョークさえ目をつぶれば。行く時は必ずその前に連絡してください。僕から電話しておくから」

3

吉祥寺東急百貨店の屋上は子供たちで賑《にぎ》わっていた。それが、今日が九月で最後の日曜日であることを僕に思い起こさせた。

ニースから帰ってきてからの約三ヶ月、毎日のように通い続けたこの場所も、最近は少しずつ足が遠のいていた。時々、中川宏美のことが頭の片隅で気になって、その姿を捜しにきたのだが、あれから二度と僕の前に現れることはなかった。

中川宏美は死んでいった夫を許すことができたのだろうか。スープ・ド・ポワソンをもう一度作る気になっただろうか。だから、彼女にとってもうこの場所が必要ではなくなったのだろうか。

ニースとまではいかないが、それでもそれなりに空は青く広がっていた。僕は外に備え付けられたアルマイトの椅子に座り、天を仰ぎながら煙草を吹かしていた。

僕は昨夜の山根との会話を思い浮かべていた。

「治せない病気を前にした医者の気持ちってわかりますか？」

「わかりません」

「無意味ということです」

治らないとわかっている患者を前にした時に、医者はいったい何になるのかということである。医者として患者に告げられることは、寿命の予測くらいでしかない。おそらく、山根の感性ではそれはもう医者ではないのだろう。

ではいったい自分は何なのか？

しかし、それは自分自身にも言えることであった。

死んでいく恋人を前にして、僕はいったい何者だったのか。

手に指先を当て、必死に伝えようとした最後の言葉すらも受けとめてやることができなかったこの僕は何者だったのか。

葉子が最後の意志を示そうと、僕の手のひらを懸命に指で握ろうとしたその感触を僕は忘れることができなかった。

しかし、それもきっと日々薄れていく。

結局は秒速四〇〇〇キロで続くこの宇宙の膨張を、誰も止めることなどできないのだ。

屋上はめずらしいほど混雑していた。

乳児や幼児を連れている若い母親たちの姿の中に、僕は中川宏美ではなくて本当は葉子の姿を捜していることに気づいていた。それがどんなに意味のないことであるかも、十分過ぎるほどに理解していた。知っていながらも、僕は三ヶ月もここに通い、葉子の姿を捜し続けた。それは、ある意味では、いくら捜してもいないのだということを自分に納得させるために必要な時間だったのかもしれない。

確かに葉子はいない。

どこにもいない。

少なくともこの宇宙にはいない。

写真展は残すところあと三日間に迫っていた。二週間の会期で開かれた個展は一週間を過ぎたあたりから賑わい始め、一度入り始めるとまるで加速度がついたように、途切れることなく人が詰めかけるようになった。初日はふたつだけだった薔薇の花束は、少しずつその数を増し、いつの間にか最後の一枚の写真が飾られた床の上を埋め尽くすほどになっていた。

葉子が撮り続けた水溜《みずたま》りの写真は、ユーカの心を動かしたように、多くの人に訴える何かがあった。それはノスタルジーであり、無邪気さであり、そして美しい水溜りとそれを取り囲む風景を見つけた瞬間の葉子の無垢《むく》な歓《よろこ》びであった。訪れる人たちに、水溜りの写真群は何の言葉も発することなく、しかし確実に何かを語り、何かを与え続けたのである。

まるで葉子の瞼《まぶた》が閉じたように、切り取られ続けた瞬間の数々――。


僕は煙草を吹かし、そして空を眺めた。

それから、朝から数えて何度目だろうか、新聞のコラムに目を通した。


〝昨日、銀座で行われている写真展に行ってきました。何とも風変わりな写真展で、行けども行けども水溜りの写真が並んでいます。水溜りに映る驚くほど青い空、輪になって覗《のぞ》きこむ子供たちの笑顔、空を横切っていく渡り鳥の一群、まるで鏡を見るように覗きこむ老婆の無表情。

約十年の歳月を費やして、続木葉子さんという女性カメラマンが日本全国を歩き回り、映し出した日本の水溜りです。

そこには我々がどこかに忘れ去った、あるいは忘れたふりをしている、純朴な日本が確かに映し出されています。水溜りを通して見ることでこんなにも空は青く、子供たちは愛らしく、新宿のネオンは美しかったのかと、今更ながらに思い知らされました。

奇異に思えた写真の数々が、会場を一回りした後にはどっしりと胸に迫ってくるようでした。

しかし残念なことに彼女は先月、三十歳の若さで亡くなりました。手遅れの末期癌に冒されながらも「私は幸せだ」と言い残しての最期だったそうです。

私は彼女のその言葉に、写真と同じような純粋さと強さを感じるのです。それは、この不確かな人生において、彼女がはっきりと認識しこだわり続けた水溜りのように、たとえ小さくとも確かな言葉だったのではないかと思うのです。「私は幸せだ」。彼女の短か過ぎる人生で見つけた、それが最後の水溜りだったのかもしれません。

（青）〃

子供たちの騒ぐ声が大きくなっていく。それに反応するようにペットショップの犬たちが吠《ほ》えたてていた。そんな騒音の輪の中で、僕は孤立していた。ここで目に映る何もかもから、恐ろしいほどに自分が無関係であることを思い知らされていた。

孤独を確認するために、僕はこのデパートの屋上のアルマイトの椅子に座り、一人で煙草を吹かしているのだろうか。

「憂鬱《ゆううつ》の中から立ち上がったアジアンタムだけが、生き残っていく」という葉子の声が心の片隅に貼りついている。

まるで、ちぢれた葉に懸命に霧吹きをかけるように、僕はこの三ヶ月、ここに座って色々なことを思い出し、そして忘れてきた。色々なことにチャレンジし、そして逃げ回ってきた。

ばらばらになった自分というジグソーパズルを組み立てなおし、沢井やミシェルがおそらくはそうしてきたように、僕も葉子というピースをもう一度嵌《は》めこむ場所を探していた。

しかし、それも限界である。

普通の生活に戻らなくてはいけない、と僕は思った。普通の自分の、普通の生活に。

僕が優しい人間でいてくれれば、死ぬことは少しも怖くないと葉子は言った。それならば、少しでもそういられるように努力しなければならない。だから、普通の生活に戻ろう。葉子が僕に望んだ優しさは、きっと普通の生活の連続の中にこそあるものなのだから。

椅子から立ち上がり、もう一度空を見上げ、通い続けたこの屋上を眺めた。

僕は煙草を揉《も》み消し、それからゆっくりと階段に向かって歩き出した。

本書は、二〇〇二年九月に小社より単行本
として刊行されたものです。

アジアンタムブルー

大崎《おおさき》善生《よしお》

平成17年 6月25日　初版発行
令和6年 10月20日　7版発行

発行者●山下直久

発行●株式会社KADOKAWA
〒102-8177　東京都千代田区富士見2-13-3
電話　0570-002-301（ナビダイヤル）

角川文庫 13797

印刷所●株式会社KADOKAWA
製本所●株式会社KADOKAWA

表紙画●和田三造

ISBN978-4-04-374002-4　C0193

角川文庫発刊に際して

角川源義

第二次世界大戦の敗北は、軍事力の敗北であった以上に、私たちの若い文化力の敗退であった。私たちの文化が戦争に対して如何に無力であり、単なるあだ花に過ぎなかったかを、私たちは身を以て体験し痛感した。西洋近代文化の摂取にとって、明治以後八十年の歳月は決して短かすぎたとは言えない。にもかかわらず、近代文化の伝統を確立し、自由な批判と柔軟な良識に富む文化層として自らを形成することに私たちは失敗して来た。そしてこれは、各層への文化の普及滲透を任務とする出版人の責任でもあった。

一九四五年以来、私たちは再び振出しに戻り、第一歩から踏み出すことを余儀なくされた。これは大きな不幸ではあるが、反面、これまでの混沌・未熟・歪曲の中にあった我が国の文化に秩序と確たる基礎を齎らすためには絶好の機会でもある。角川書店は、このような祖国の文化的危機にあたり、微力をも顧みず再建の礎石たるべき抱負と決意とをもって出発したが、ここに創立以来の念願を果すべく角川文庫を発刊する。これまで刊行されたあらゆる全集叢書文庫類の長所と短所とを検討し、古今東西の不朽の典籍を、良心的編集のもとに、廉価に、そして書架にふさわしい美本として、多くのひとびとに提供しようとする。しかし私たちは徒らに百科全書的な知識のジレッタントを作ることを目的とせず、あくまで祖国の文化に秩序と再建への道を示し、この文庫を角川書店の栄ある事業として、今後永久に継続発展せしめ、学芸と教養との殿堂として大成せんことを期したい。多くの読書子の愛情ある忠言と支持とによって、この希望と抱負とを完遂せしめられんことを願う。

一九四九年五月三日